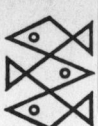

Über dieses Buch Kinsey Millhone, die Heldin mehrerer Kriminalromane von Sue Grafton, betreibt das Detektivgewerbe in Santa Teresa, einer kleinen Stadt an der kalifornischen Pazifikküste, etwa hundert Kilometer nördlich von Los Angeles, 32 Jahre jung, zweimal geschieden und Single aus Überzeugung, eine Frau, die sich allein durchschlägt, mit einer gesunden Portion Realismus und Humor, eher einfühlend als zynisch, eine Art Alter ego der Autorin, »nur jünger, schlanker und unerschrockener«, wie Sue Grafton in einem Interview bekannte. Ihre Klienten nehmen ihre Dienste in Anspruch, wenn sie Probleme haben, wenn Lieutenant Nolan von der Polizei – für die auch Kinsey zwei Jahre lang gearbeitet hat – nicht weiterkommt, wenn Beweise fehlen oder ein Verdacht entkräftet werden soll. Und Kinsey löst diese oft unlösbar scheinenden Fälle mit Klugheit, Kombination und scharfer Beobachtungsgabe, wie im klassischen Krimi, vor allem aber mit Recherchen, weiblichen Einfühlung und Intuition. In den sieben Geschichten dieses Bandes erzählt die Detektivin mit der dunklen Strubbelmähne von Fällen aus ihrer Praxis – menschlichen Beziehungsgeflechten mit tödlichem Ausgang.

Die Autorin Sue Grafton, als Tochter des Krimiautors C. W. Grafton in Louisville, Kentucky, geboren, lebt seit 1962 in Kalifornien. Sie schrieb jahrelang Drehbücher fürs Fernsehen. Ihr erster Kriminalroman, ›A wie Alibi‹, erschien 1982. Weitere Romane mit der Detektivheldin Kinsey Millhone folgten, zuletzt 1990 ›G Is For Gumshoe‹. Mit diesem Roman gelang Sue Grafton auf Anhieb der Sprung auf die amerikanische Bestsellerliste.
Weitere Titel im Fischer Taschenbuch Verlag: ›Sie kannte ihn flüchtig‹. Kriminalroman (Bd. 8386 – Dezember '90), ›Eine schlimme Geschichte‹ (›G Is for Gumshoe‹; Bd. 10136 – April '91).

Sue Grafton
Detektivin, Anfang 30, sucht Aufträge

Kinsey-Millhone-Kriminalstories

Aus dem Amerikanischen
von Christine Frauendorf-Mössel

Fischer Taschenbuch Verlag

11.–14. Tausend: Oktober 1990

Deutsche Erstausgabe
Veröffentlicht im Fischer Taschenbuch Verlag GmbH,
Frankfurt am Main, Mai 1990

Die Erzählungen erschienen zum ersten Mal
in verschiedenen amerikanischen Zeitschriften
›She Didn't Come Home‹, ›A Shrouded Affair‹, ›The Parker Shotgun‹
Copyright © 1986 by Sue Grafton
›Non Sung Smoke‹
Copyright © 1988 by Sue Grafton
›Falling off the Roof‹, ›The Good Samaritan‹,
›A Poison that Leaves no Trace‹
Copyright © 1989 by Sue Grafton
Für den deutschen Text:
© Fischer Taschenbuch Verlag GmbH, Frankfurt am Main 1990
Umschlaggestaltung: Manfred Walch, Frankfurt am Main
Umschlagabbildung: LOH Productions
Gesamtherstellung: Clausen & Bosse, Leck
Printed in Germany
ISBN 3-596-10208-1

Inhalt

Als Lucy nicht nach Hause kam

September in Santa Teresa. Ich habe noch niemanden getroffen, der bei Herbstbeginn nicht von einer gewissen Unruhe erfaßt wird. Im Herbst gibt es neue Schulkleidung, noch unbeschriebene Hefte und frisch gespitzte Bleistifte ohne Kauspuren. Man fühlt sich, als wäre man wieder acht Jahre alt und alles wäre wieder möglich. Eigentlich sollte das Jahr im Herbst beginnen und nicht am ersten Januar. Es sollte im Herbst beginnen und nur so lange dauern, wie unsere Lederschuhe noch keine Kratzer und unsere Lunchboxen keine Beulen haben.

Ich heiße Kinsey Millhone. Geschlecht: weiblich; Alter: 32; zweimal geschieden. Ich arbeite als selbständige Privatdetektivin in einer Kleinstadt, etwa hundert Kilometer nördlich von Los Angeles. Bei mir gibt es keine Laufkundschaft wie bei einem Kosmetiksalon. Meine Klienten stecken meistens in irgendeiner Klemme und hoffen, daß ich Ihnen für dreißig Dollar die Stunde plus Spesen eine Lösung ihrer Probleme präsentieren kann. Robert Ackermanns Nachricht erwartete mich auf dem Anrufbeantworter, als ich am Montagmorgen um neun ins Büro kam.

»Hallo. Mein Name ist Robert Ackerman. Rufen Sie bitte bei mir zurück? Meine Frau ist verschwunden, und ich mache mir Sorgen. Hoffentlich können Sie mir helfen.«

Im Hintergrund waren quengelige Kinder zu hören. Eine Sorte, die ich besonders liebe. Ackerman wiederholte seinen Namen und nannte seine Telefonnummer. Ich brühte mir eine Kanne Kaffee auf und rief ihn an.

Es meldete sich eine Kinderstimme mit undeutlichem ›Hallo‹, und dann war nur noch heftiges Atmen dicht an der Sprechmuschel zu hören.

»Tag«, sagte ich. »Kann ich mal deinen Pappi sprechen?«

»Ja.« Wieder Schweigen im Walde.

»Vielleicht heute noch?« fragte ich.

Am anderen Ende wurde der Hörer auf eine Tischplatte geknallt, und ich hörte Schritte durch einen Raum trappeln, in dem keine Teppiche zu liegen schienen. Schließlich kam Robert Ackerman an den Apparat.

»Lucy?«

»Hier spricht Kinsey Millhone, Mr. Ackerman. Sie hatten auf meinen Anrufbeantworter gesprochen. Was kann ich für Sie tun?«

»Ja, also...«

Er wurde von einem spitzen Schrei unterbrochen, so schrill wie eine dieser Polizeipfeifen, mit denen man obszöne Anrufer abwimmelt. Ich reagierte zu langsam, Mann, das tat weh.

Dann wartete ich geduldig, während er sich um das herumtollende Kind kümmerte.

»Tut mir leid«, sagte er, als er wieder an den Apparat kam. »Könnten Sie vielleicht bei mir vorbeikommen? Ich habe alle Hände voll zu tun und kann hier nicht weg.«

Ich schrieb mir seine Adresse auf und notierte, wie man am besten dorthin gelangte.

Robert und die verschwundene Mrs. Ackerman lebten in einer Siedlung, die aussah, als sei sie in den vierziger Jahren gebaut worden, als noch kaum jemand vom familiengerechten Wohnen mit Küche im Landhausstil und Solarium träumte. Das Haus war eine ergreifend schlichte Wohnschachtel, ein enges Wohnzimmer mit Eßecke, einer Küche und einem zwischen zwei winzigen Schlafräumen eingeklemmten Badezimmer. Als Robert mir öffnete, genügte ein Blick, und ich wußte Bescheid. Das einzige, womit die Bauherren verschwenderisch umgegangen waren, waren Holzfußböden. Und das war in diesem Fall eher ein Nachteil. Die Schlag- und Kratzspuren von Kleinkindern auf dem Holzboden waren unübersehbar, und ich ahnte, noch bevor man mich zum Eintreten aufgefordert hatte, daß es überall sandig unter meinen Schuhsohlen knirschen würde.

Robert wirkte abgehetzt, aber er besaß einen jungenhaften Charme. Er war Anfang Dreißig, schlank und gut aussehend, mit dunklen Augen und dunklem Haar und einem Wirbel über der Stirnmitte. Er trug eine Drillichhose und ein weißes Hemd, und auf einer Hüfte saß ein ungefähr achtmonatiges Baby wie eine Einkaufstasche. Ein zweites Kind hatte sein rechtes Bein umklammert, während Nummer drei mit seinem Dreirad gegen Wände und Türpfosten bumste und dabei vor Begeisterung jedesmal laut schrie.

»Tag. Kommen Sie rein«, sagte Robert. »Wir können uns hinten im Garten unterhalten, während die Kinder spielen.« Sein Lächeln war einnehmend.

Ich folgte ihm durch die chaotische Enge in den kleinen Garten, wo er das Baby in eine Sandkiste setzte. Das zweite Kind hielt sich an Roberts Gürtelschlaufen fest, steckte den Daumen in den Mund und starrte mich an. Nummer drei auf dem Dreirad versuchte mit seinem Gefährt die Verandaecke abzufahren. Ich mag keine Kinder. Wirklich nicht. Besonders nicht, wenn sie rumschreien. Und Kinder spüren meine Abneigung und halten Distanz. Diese hier beobachteten mich mit einer Mischung aus Groll und Verachtung.

Der Garten war ungepflegt. Die Säcke, in denen der Sand angefahren worden war, lagen in der Gegend herum. Robert gab den Kindern Kekse aus einer Packung und schob sie weg. Innerhalb der nächsten Viertelstunde würden sie wahrscheinlich süchtig werden nach dem Zucker. Ich warf einen Blick auf die Uhr und hoffte, dann längst über alle Berge zu sein.

»Möchten Sie einen Liegestuhl?«

»Nein, nicht nötig«, sagte ich und ließ mich auf dem Rasen nieder. Weit und breit war kein Liegestuhl zu sehen, aber das Angebot ehrte ihn.

Er hockte sich auf die Sandkastenumrandung und fuhr sich geistesabwesend mit der Hand übers Haar. »Himmel, tut mir leid, daß es hier so aussieht, aber Lucy ist seit zwei Tagen weg. Sie ist Freitag nicht von der Arbeit nach Hause gekommen, und seitdem bin ich fix und fertig.«

»Sie haben die Polizei verständigt?«

»Natürlich. Am Freitagabend. Sie hat die Kinder nicht bei der Tagesmutter abgeholt. Um sieben hat man mich schließlich hier angerufen und gefragt, wo sie bleibe. Ich dachte, sie wäre noch einkaufen gefahren oder so, und habe die Kinder sofort abgeholt. Als ich gegen zehn Uhr noch immer kein Lebenszeichen von ihr hatte, war mir klar, daß etwas nicht stimmte. Ich habe ihren Chef zu Hause angerufen, und er sagte, daß sie um fünf aus dem Büro weggegangen sei, wie immer. Daraufhin habe ich die Polizei angerufen.«

»Haben Sie eine Vermißtenanzeige aufgegeben?«

»Das geht erst heute. Bei Erwachsenen muß man, glaube ich, 72 Stunden warten. Aber auch dann kann die Polizei nicht viel machen.«

»Was hat man Ihnen geraten?«

»Das Übliche, schätze ich. Ich habe bei sämtlichen Freunden und Bekannten angerufen. Ich habe mit ihrer Mutter in Bakersfield und mit der Arbeitskollegin gesprochen. Niemand hat eine Ahnung, wo sie sein könnte. Ich habe Angst, daß ihr was zugestoßen ist.«

»Haben Sie in den Krankenhäusern der Umgebung nachgefragt?«

»Natürlich. Das war das erste, was ich gemacht habe.«

»Und es war ihr nichts anzumerken?«

»Nichts.«

»War sie vielleicht deprimiert, oder hat sie sich komisch benommen?«

»Also, irgendwie war sie nervös. Aber im Herbst war sie immer ziemlich unruhig. Sie hat behauptet, die Jahreszeit erinnere sie an ihre Schulzeit.« Er zuckte mit den Achseln. »Ich habe die Schule gehaßt.«

»Aber sie ist nie einfach verschwunden?«

»Himmel, nein. Ich habe das nur erwähnt, weil Sie gefragt haben. Ich glaube, es hatte nichts zu bedeuten.«

»Hat sie Alkohol- oder Drogenprobleme?«

»Lucy ist nicht der Typ«, verneinte er. »Sie ist zierlich, still und... häuslich, wie Sie vermutlich sagen würden.«

»Was ist mit Ihrer Ehe? Kommen Sie gut miteinander aus?«

»Von mir aus gesehen, ja. Natürlich gibt's manchmal Krach. Aber es ist nie was Ernstes.«

»Und worum ging's dann meistens?«

Er lächelte traurig. »Meistens ums liebe Geld. Bei drei Kindern ist immer zuwenig da. Ich mag große Familien, aber finanziell gesehen ist es schon hart. Ich wollte immer vier oder fünf Kinder, aber Lucy findet, drei sind genug; vor allem, weil das älteste noch nicht mal zur Schule geht. Darüber streiten wir hauptsächlich.«

»Sie arbeiten beide?«

»Wir müssen. Sonst würd's gar nicht reichen. Lucy hat eine Stelle bei einer Treuhandfirma, und ich bin beim Fernmeldeamt.«

»Als was?«

»Techniker.«

»Gibt es vielleicht einen anderen Mann in ihrem Leben?«

Er seufzte und zupfte an den Grashalmen zwischen seinen Füßen. »Ich wünschte fast, ich könnte ›ja‹ sagen. Ich würde gern denken, sie hat vielleicht alles satt und sich auf ein hübsches Wochenende in einem Motel eingelassen... oder so was.«

»Aber Sie glauben nicht recht daran.«

»Hm ... Ne. Ich mach' mir schreckliche Sorgen. Ich will wissen, wo sie ist.«

»Mr. Ackerman ...«

»Sagen Sie ruhig Rob zu mir«, fiel er mir ins Wort.

Das höre ich von meinen Klienten immer. Alle wollen mit dem Vornamen angeredet werden.

»Also gut, Rob«, begann ich erneut. »In Ihrer Situation sind Sie am besten bei der Polizei aufgehoben. Ich arbeite allein. Der Polizei steht ein ganzer Fahndungsapparat zur Verfügung. Und der kostet Sie keinen Cent.«

»Sie sind wohl sehr teuer, was?«

»Dreißig Dollar die Stunde plus Spesen.«

Er dachte einen Augenblick nach. Dann sah er mich prüfend an. »Könnten Sie einfach mal zehn Stunden für mich investieren? Ich habe dreihundert Dollar gespart. Damit wollten wir eigentlich in den Zoo von San Diego.«

Ich tat so, als überlegte ich. Dabei war mir längst klar, daß ich diesem Jungengesicht keine Bitte abschlagen konnte. Außerdem fingen die Kinder gerade zu quengeln an, und ich wollte nichts wie weg. Ich verzichtete auf Vorschuß und sagte, daß er eine Rechnung kriegen würde, sobald die zehn Stunden um wären. Ich überlegte, daß ich ihm den Vertrag per Post zuschicken könnte, um den Kontakt mit den Zwergen, die ihn bereits wegen neuer Süßigkeiten umlagerten, auf ein Minimum zu beschränken. Ich verlangte ein Foto neueren Datums von Lucy, doch alles, was er auftreiben konnte, war ein zwei Jahre altes Bild mit den beiden älteren Kindern. Schon damals machte sie einen gequälten Eindruck; und das war immerhin vor der Geburt von Nummer drei. Ich dachte an die ruhige, zierliche Lucy Ackerman, deren drei stramme Söhne Beine vom Durchmesser meiner Arme hatten. Wenn ich sie gewesen wäre, hätte ich schon gewußt, wo ich sein würde: über alle Berge.

Lucy Ackerman arbeitete als Büroangestellte in einer

kleinen Treuhandfirma in der State Street, nicht weit von meinem Büro entfernt. Es waren bescheidene weißgetünchte Räume mit rotbraun bezogenen Polstermöbeln und einem Teppichboden in gedämpftem Orangerot; mit Gauguin-Drucken an den Wänden und einem Blumentopf auf jedem Schreibtisch. Ich stellte mich der Büroleiterin, einer Mrs. Merriman, vor. Mrs. Merriman war Anfang Sechzig, sie hatte ihr toupiertes Haar hochgesteckt und trug Schnürstiefeletten mit hohen, spitzen Absätzen. Sie wirkte auf mich wie eine Frau, die später mal ihre gesamte Rente in Schönheitsfarmen verprassen würde.

»Robert Ackerman hat mich beauftragt, seine Frau zu suchen«, begann ich.

»Der arme Mann. Ich hab's schon gehört«, erklärte sie mit dem Mund, während ihre Augen deutlich sagten, daß sie mir bei meinem Vorhaben kaum eine Chance gab.

»Haben Sie eine Vermutung, wo sie sein könnte?«

»Da unterhalten Sie sich am besten mit Mr. Sotherland.« Die propere Mrs. Merriman wandte sich geschäftsmäßig ab, doch ich spürte, daß sie etwas wußte und darauf brannte, weiter befragt zu werden. Ich nahm mir vor, ihr den Gefallen zu tun, sobald ich mit dem Herrn gesprochen hatte. Gerade in Kleinbetrieben herrscht meiner Erfahrung nach ein eisernes Protokoll.

Gavin Sotherland erhob sich aus seinem Drehsessel und streckte mir seine Pranke entgegen. Eine weitere Angestellte, Barbara Hemdahl, die Buchhalterin, stand gleichzeitig von ihrem Stuhl auf und entschuldigte sich. Mr. Sotherland wartete, bis sie gegangen war, dann bedeutete er mir, auf dem frei gewordenen Stuhl Platz zu nehmen. Ich sank auf das von Barbara Hemdahls Hinterteil noch warme Lederpolster; eine seltsam intime Empfindung. Insgeheim nahm ich mir vor, herauszufinden, was diese Dame wußte, und betrachtete dann interessiert den Vize-Präsidenten der Firma. Die Namen und Berufsbezeichnungen der Firmenmitglieder waren kein Geheimnis, bei Sotherland konnte ich sie von einem Messingschild auf seinem Schreibtisch ablesen, die beiden Frauen trugen entsprechende Plastikschildchen wie Krankenschwestern am Revers. Soviel ich bis zu diesem Zeitpunkt mitbekommen hatte, bestand die Belegschaft der Firma einschließlich Lucy Ackerman aus vier Personen, und es war unwahrscheinlich, daß sie die Namensschildchen brauchten, um sich gegenseitig richtig anzureden. Vielleicht waren sie für Kunden gedacht, denen man nicht zutraute, ohne diese Identifikationshilfen einen vom anderen zu unterscheiden.

Gavin Sotherland war groß, von athletischer Statur, etwa fünfundvierzig, mit einer blonden Haarmähne, die am Scheitel bereits schütter wurde, und einem feuchten Händedruck. Er hatte sein Jackett abgelegt, sein vormals gestärktes Oberhemd war lasch und zerknittert, und die beige Gabardinehose wies tiefe Sitzfalten auf. Alles in allem wirkte er wie jemand, der gerade einen Kontinent per Bahn durchquert hatte. Trotzdem konnte ich ihm eine gewisse Attraktivität nicht absprechen, auch wenn er sich ganz offenbar gehenließ.

»Nett, Sie kennenzulernen, Miss Millhone. Gut, daß Sie da sind.« Seine Stimme war tief und heiser mit einem vertrauenerweckenden Timbre. Wenn ich vorgehabt hätte, ein Grundstück zu erwerben, ich hätte ihm ohne Zögern mein Geld überlassen. Seine dunklen Augen blickten ernst und sorgenvoll drein. »Soweit ich informiert bin, ist Mrs. Ackerman Freitag abend nicht nach Hause gekommen.«

»Das hat man mir berichtet«, erklärte ich. »Können Sie mir sagen, wie der Tag hier im Büro verlaufen ist?«

Er warf mir einen prüfenden Blick zu. »Nun, ich muß Ihnen gegenüber wohl ehrlich sein. Unsere Buchhalterin ist auf Unregelmäßigkeiten bei den Kundenkonten gestoßen. Sieht so aus, als habe sich Mrs. Ackerman mit einer halben Million Dollar, die uns anvertraut war, aus dem Staub gemacht.«

»Wie hat sie das denn angestellt?«

Ich sah Lucy Ackerman bereits vor mir, wie sie sich frei von den nervenden Bälgern am Strand von Rio aalte und einen Rumdrink aus einer Kokosnußschale schlürfte.

Mr. Sotherland sah gequält aus. »Offen gestanden ziemlich schlau sogar«, antwortete er. »Sie hat ein neues Bankkonto bei einer Filiale in Montebello eröffnet und dort zehn Schecks eingezahlt, die eigentlich auf andere Konten hatten gehen sollen. Vergangenen Freitag hat sie dann über fünfhunderttausend Dollar in bar abgehoben. Und zwar unter dem Vorwand, wir bräuchten die Summe für eine größere Immobilientransaktion. Das Kontobuch haben wir in der untersten Schublade ihres Schreibtischs entdeckt.« Er warf das Heft über den Schreibtisch. Ich fing es auf. Es war mit einer Lochzange ungültig gemacht. Ein Blick genügte, um zu sehen, daß in den vergangenen drei Monaten in Abständen zehn Einzahlungen vermerkt waren und am letzten Freitag die gesamte Summe abgehoben worden war.

»Hat denn niemand diesen Vorgang gegengeprüft?«

»Im Juni hatten wir gerade unsere alljährliche Buchprüfung hinter uns gebracht. Es war alles in bester Ordnung. Wir haben dieser Frau blind vertraut. Und hatten auch allen Grund dazu.«

»Und den Verlust haben Sie heute morgen entdeckt?«

»Ja. Allerdings gebe ich zu, daß mir schon Freitag abend ein gewisser Verdacht gekommen ist, als Robert Ackerman mich zu Hause anrief. Es sah Lucy Ackerman überhaupt nicht ähnlich, wortlos zu verschwinden. Sie hat acht Jahre lang bei uns gearbeitet und war immer pünktlich und gewissenhaft.«

»Nun, zumindest pünktlich«, sagte ich. »Haben Sie die Polizei verständigt?«

»Das wollte ich gerade tun. Ich muß das auch der Gewerbeaufsicht melden. Herrgott, ich kann's noch immer nicht fassen, daß sie uns das angetan haben soll. Meinen Job bin ich vermutlich los. Wahrscheinlich schließen sie uns die Firma.«

»Haben Sie was dagegen, wenn ich mich hier mal ein bißchen umsehe?«

»Wozu?«

»Noch besteht die Chance, daß wir rauskriegen, wo sie ist. Wenn wir schnell genug handeln, erwischen wir sie vielleicht, bevor es zu spät ist.«

»Da bin ich skeptisch«, entgegnete er. »Freitag nachmittag wurde sie zuletzt gesehen. Das war vor zwei vollen Tagen. Mittlerweile kann sie überall sein.«

»Mr. Sotherland, Lucy Ackermans Ehemann hat sich bereits für dreihundert Dollar bei mir eingekauft. Warum nutzen Sie das nicht aus?«

Er starrte mich an. »Meinen Sie nicht, daß die Polizei was dagegen hat?«

»Vermutlich schon. Aber ich habe nicht die Absicht, irgend jemandem ins Handwerk zu pfuschen. Und alles, was ich herausfinde, mache ich der Polizei zugänglich. Außerdem wird man sicher kaum vor heute nachmittag jemanden vom Betrugsdezernat vorbeischicken. Falls ich eine Spur entdecke, stehen Sie der Firma und der Polizei gegenüber doch ganz gut da.«

Er hob resignierend die Hände. »Mir ist alles egal. Machen Sie, was Sie wollen.«

Als ich sein Büro verließ, rief er die Polizei an.

Ich setzte mich kurz an Lucys Schreibtisch, der ordentlich und aufgeräumt aussah. Die Schubladen enthielten die üblichen Büroutensilien und keinerlei persönliche Gegenstände. Auf dem Schreibtisch lag ein Terminkalender in Form eines Ringbuches mit einem Kalenderblatt für jeden

Tag. Ich blätterte die letzten beiden Monate durch. Die einzigen persönlichen Eintragungen betrafen einen Termin in der Frauenklinik am zweiten August und einen zweiten Besuch dort am vergangenen Freitagnachmittag. Jener Freitag mußte für Lucy ein anstrengender Tag gewesen sein, wenn man bedachte, daß sie einen Termin beim Arzt gehabt und dann ihre Firma noch um eine halbe Million geprellt hatte. Die beiden anderen Frauen in der Firma ließen mich nicht aus den Augen. Ich merkte das, obwohl sie beide so taten, als nähme die Büroarbeit sie völlig in Anspruch.

Als ich alles durchsucht hatte, stand ich auf und ging quer durchs Zimmer zu Mrs. Merrimans Schreibtisch. »Kann ich hier Ablichtungen von dem Kontobuch machen, das Mrs. Ackerman benutzt hat?«

»Ja, schon. Wenn Mr. Sotherland einverstanden ist«, sagte sie.

»Wo hatte Mrs. Ackerman übrigens tagsüber ihren Mantel und ihre Handtasche?«

»Hinten. Jeder von uns hat einen Schrank im Lagerraum.«

»Diesen Schrank würde ich mir gern mal ansehen.«

Ich wartete geduldig, während sie meine Wünsche mit ihrem Chef klärte, und folgte ihr schließlich ins Hinterzimmer. Dieser Raum besaß eine Tür, durch die man auf den Parkplatz gelangte. Links davon lag eine kleine Toilette, rechter Hand befand sich ein Stauraum mit vier Metallschränken, einem Kopierer und zahlreichen Regalen mit Bürobedarf. Jeder schulterhohe Metallschrank trug ein Namensschild. Lucy Ackermans Schrank war noch immer verschlossen. Ich betrachtete das Schloß. Es juckte mir in den Fingern, mich mit meinem handlichen Dietrichset daran zu schaffen zu machen, wollte es mir aber lieber nicht mit der Polizei verderben, die sicher schon auf dem Weg war.

»Wäre nett, wenn mir jemand erzählen könnte, was im Schrank war... Sobald die Polizei ihn geöffnet hat«, bemerkte ich, während Mrs. Merriman das Kontobuch für mich kopierte.

»Das hier bitte auch.« Ich gab ihr den Durchschlag der Empfangsbestätigung, die Lucy bei Auszahlung des Geldes unterschrieben hatte; sie hatte zusammengefaltet in der letzten Kontobuchseite gelegen. »Haben Sie eine Idee, wo Mrs. Ackerman sein könnte?«

Mrs. Merriman spitzte züchtig den Mund, als kämpfe sie mit sich, wieviel sie sagen durfte.

»Ich möchte mir ungern den Vorwurf einhandeln, aus der Schule geplaudert zu haben«, erklärte sie schließlich.

»Mrs. Merriman. Es besteht der Verdacht, daß ein Verbrechen begangen worden ist«, sagte ich. »Wenn die Polizei erst da ist, wird man Sie dasselbe fragen.«

»Na ja, in dem Fall ist das wohl in Ordnung. Natürlich habe ich nicht die leiseste Ahnung, wo sie ist... Aber ich finde, daß sie sich in den vergangenen Monaten ziemlich komisch benommen hat.«

»Inwiefern?«

»Sie hat so geheimnisvoll getan, so von oben herab. Als wüßte sie was, wovon wir keine Ahnung hatten.«

»Was sich mittlerweile als zutreffend herausgestellt hat«, bemerkte ich.

»Aber damit hatte das wohl nichts zu tun. Ich glaube, sie hatte eine Affäre.«

Das interessierte mich. »Ein Verhältnis? Mit wem?«

Mrs. Merriman schwieg und berührte eine der Haarnadeln, die ihren kunstvollen Haarturm zusammenhielten. Dann ließ sie ihren Blick bedeutungsvoll zu Mr. Sotherlands Bürotür schweifen. Ich drehte mich um und sah in dieselbe Richtung.

»Wirklich?« murmelte ich. Kein Wunder, daß er schwitzt, dachte ich.

18

»Ich möchte es nicht beschwören«, flüsterte sie. »Aber seine Ehe wackelt seit Jahren, und ich vermute, daß *sie* auch nicht besonders glücklich war. Sie hat diese drei schrecklichen kleinen Jungen, wissen Sie... und einen Mann, der entschlossen zu sein scheint, noch mehr davon in die Welt zu setzen. Sie und Mr. Sotherland... Gavie, nennt sie ihn... haben... also ich bin sicher, daß sie was miteinander hatten. Ob das was mit dem verschwundenen Geld zu tun hat... Also, da will ich lieber keine Mutmaßungen anstellen.« Nachdem sie bereits so viel gesagt hatte, kriegte sie es plötzlich mit der Angst zu tun. »Sie wiederholen das doch hoffentlich nicht vor der Polizei, oder?«

»Selbstverständlich nicht«, erwiderte ich. »Es sei denn, man fragt mich.«

»Natürlich.«

»Hat die Firma übrigens ein Reisebüro, mit dem sie zusammenarbeitet?«

»Ja. Gleich nebenan«, antwortete sie.

Ich unterhielt mich kurz mit der Buchhalterin, die dem allgemeinen Eindruck von Lucy Ackermans letzten Arbeitstagen nichts hinzuzufügen wußte, holte meinen VW vom Parkplatz und fuhr zur Frauenklinik hinüber, die nur ein paar Blocks weiter lag. Mich beschäftigte die Frage, was Lucy Ackerman dort gewollt haben konnte. Ich tippte auf Empfängnisverhütung... und zwar die endgültige. Falls sie einen Liebhaber hatte – und entschlossen war, nie wieder schwanger zu werden –, schien das die logische Konsequenz. Mir war nur noch nicht klar, wie ich das feststellen könnte. Ärzte und anderes Krankenhauspersonal geben sich, was solche Informationen betrifft, im allgemeinen äußerst zugeknöpft.

Ich stellte den Wagen vor dem Krankenhaus ab und griff nach der Aktentasche auf dem Rücksitz. Für Fälle wie diesen führe ich stets einen Vorrat an Allzweck-Formularen bei mir. Sie sehen aus wie eine Mischung aus Bewerbungsformular und Versicherungsvertrag. Ich füllte eines dieser Formulare in Lucys Namen aus und fälschte ihre Unterschrift unter dem Absatz, der den Besitzer berechtigte, Informationen über die Unterzeichnerin einzuholen. Als Vorlage benutzte ich die Kopie der Empfangsbestätigung, die im Kontobuch gelegen hatte. Ich gebe gern zu, daß man meine Methoden als unorthodox, ja sogar als illegal bezeichnen könnte. Aber da ich nicht annahm, daß diese Information vor Gericht zur Sprache kommen würde, schien es irrelevant, wie ich sie mir verschafft hatte.

Ich betrat die Klinik, registrierte dankbar den fast leeren Wartesaal und holte aus meiner Brieftasche einen Ausweis der California Fidelity Versicherung heraus. Für diese Gesellschaft arbeite ich gelegentlich als Versicherungsdetektivin. Dafür zahlen sie mir meine Büromiete. Die Firma hat allerdings einmal den Fehler gemacht, mir einen Firmenausweis mit Paßfoto auszustellen, mit dem ich seither ziemlich schamlos hausieren gehe.

Bei der Anmeldung hatte ich die Wahl zwischen drei weiblichen Angestellten. Nach kurzer Bedenkzeit stellte ich Sichtkontakt zu der ältesten Frau her. An Orten wie diesem besitzen jüngere Kräfte keinerlei Autorität, und Leute ohne Befugnisse leiern meistens nur wie Papageien ihre Vorschriften herunter. Außerdem scheinen sie angesichts ihrer eigenen Ohnmacht auch noch eine geradezu boshafte Befriedigung dabei zu haben, andere zur Fügsamkeit zu zwingen.

Die Frau trat an die Theke und sah mir erwartungsvoll entgegen. Ich zeigte meinen Versicherungsausweis und hielt das Formular offen in der anderen Hand, als ob ich nichts zu verbergen hätte.

»Tag. Ich bin Kinsey Millhone«, begann ich. »Vielleicht können Sie mir helfen. Wie ist Ihr Name?«

Sie war sofort auf der Hut, als besäße ihr Name magische Kräfte, die man ihr mit Gewalt nehmen könnte. »Lillian Vincent«, kam zögernd die Antwort. »Helfen? Inwiefern?«

»Lucy Ackerman hat einen Antrag auf Beihilfe gestellt. Dazu brauchen wir Ihre Bestätigung. Natürlich kriegen Sie dazu einen Aktenauszug.«

Ich schob das gefälschte Formular über die Theke und nestelte arglos an meiner Mappe herum.

Sie war sofort mißtrauisch. »Was ist das?«

Ich sah sie an. »Oh, entschuldigen Sie. Das ist ein Antrag auf Mutterschaftsurlaub. Wir brauchen den genauen Termin der Niederkunft.«

»Mutterschaftsurlaub?«

»Ist Mrs. Ackerman denn nicht Patientin hier?«

Lillian Vincent starrte mich an. »Augenblick mal«, sagte sie und ging mit dem Formular in der Hand zu einem Aktenschrank. Sie holte eine Karteikarte heraus und kehrte an die Theke zurück. Die Karteikarte schob sie mir zu. »Die Dame hat eine Eileiterligatur vornehmen lassen«, erklärte sie in barschem Ton.

Ich blinzelte und lächelte vorsichtig, als hielte ich die Auskunft für einen Witz. »Das muß ein Irrtum sein.«

»Im Irrtum befindet sich Lucy Ackerman, wenn sie glaubt, daß sie damit durchkommt.« Sie klappte das Patientenblatt auf und tippte mit dem Finger bedeutungsvoll auf das Datum 2. August. »Am Freitag ist sie zur Nachuntersuchung hier gewesen. Sie ist sterilisiert.«

Ich starrte auf das Patientenblatt. Die Eintragung war eindeutig. Ich runzelte die Stirn und schüttelte den Kopf.

»Na ja, dann machen Sie mir lieber mal eine Kopie davon.«

»Das würde ich aber auch sagen.« Sie ging zu einem der Kopierer, legte mir die Ablichtung auf die Theke und sah zu, wie ich sie in meine Mappe klemmte.

»Ich weiß nicht, weshalb die immer glauben, daß sie damit durchkommen«, seufzte sie.

»Manche probieren's eben gern«, erwiderte ich.

Es war fast zwölf Uhr mittags, als ich das Reisebüro aufsuchte, das neben Lucy Ackermans Firma lag. Ich hatte schnell heraus, wie Mrs. Ackerman ihren Abgang geplant hatte. Vor zwei Wochen hatte sie einen Flug erster Klasse bei PanAm nach Buenos Aires gebucht. Für eine Person. Die Flugkarte hatte sie am Freitagnachmittag abgeholt, kurz vor Geschäftsschluß.

Der Leiter des Reisebüros stützte die Ellbogen auf die Theke, sah mich interessiert an und hoffte vermutlich, sensationelle Einzelheiten von mir zu erfahren. »Ich hab' von der Geschichte nebenan gehört«, bemerkte er. Er war jung, vielleicht vierundzwanzig, stupsnäsig, mit kastanienbraunem Haar und einer Zahnlücke. Er sah genau aus wie der zweite Hauptdarsteller in einer netten, harmlosen Familienserie im Fernsehen.

»Wie hat sie die Flugkarte bezahlt?«

»Bar«, antwortete er. »Ungewöhnlich, was?«

»Hat sie irgendwas Besonderes dabei gesagt?«

»Eigentlich nicht. Sie wirkte aufgekratzt, und wir haben über Montezumas Rache und so gewitzelt. Ich wußte, daß sie verheiratet ist, und habe sie noch gefragt, wer auf die Kinder aufpaßt und was ihr Alter macht, während sie fort ist. Himmel, ich hätte nicht im Traum daran gedacht, daß sie so ein Ding dreht.«

»Haben Sie sie gefragt, warum sie allein nach Argentinien fliegen wollte?«

»Ja, schon. Sie hat behauptet, es sei eine Überraschung.« Er zuckte mit den Schultern. »Das ergab zwar keinen Sinn, aber sie lachte dabei, und ich dachte, ich hätte die Pointe nur nicht kapiert.«

Ich bat um eine Kopie der Reisebuchung. Lucy Ackerman hatte für ein Rundreiseticket bezahlt ... aber keine Reservierung für den Rückflug vormerken lassen. Vielleicht hatte sie vorgehabt, sich das Geld für den Rückflug auszahlen zu lassen, sobald sie in Argentinien war. Ich klemmte die Reiseunterlagen zu der Patientenkarte und dem Versicherungsformular in meine Mappe. Etwas an der Geschichte störte mich, aber ich wußte noch nicht recht was.

»Danke für Ihre Hilfe«, sagte ich und ging zur Tür.

»Keine Ursache. Ich schätze, der nebenan hat's auch nicht kapiert«, bemerkte er.

Ich blieb abrupt stehen und drehte mich um. »Was nicht kapiert?«

»Den Witz. Ich habe die beiden nebenan gehört. Und sie haben sich gestritten, daß die Fetzen flogen.«

»Ach ja?« Ich starrte ihn an. »Um wieviel Uhr ist das gewesen?«

»Viertel nach fünf. So um den Dreh rum jedenfalls. Wir hatten schon geschlossen, aber Dad wollte, daß ich bleibe, bis die Reinigungstruppe hier war. Das Reisebüro gehört ihm. Deshalb arbeite ich hier. Die Reinigungsfirma ist neu, und Dad wollte, daß ich die Leute einweise.«

»Sind Sie noch 'ne Weile hier?«

»Klar.«

»Gut. Die Polizei interessiert das sicher auch.«

Auf dem Weg zurück zur Treuhandfirma schrillten bei mir sämtliche Alarmglocken. Barbara Hemdahl und auch Mrs. Merriman hatten sich offenbar entschlossen, das Mittagessen an ihrem Arbeitsplatz einzunehmen. Vielleicht hatte auch die Polizei sie gebeten, dazubleiben. Die Buchhalterin saß hinter ihrem Schreibtisch, vor sich ein belegtes Brot, einen Apfel und eine Packung Milch ordentlich arrangiert, während Mrs. Merriman in einer Styroporschachtel aus einem Fast-Food-Restaurant herumstocherte.

»Wie geht's?« fragte ich.

Barbara Hemdahl antwortete aus ihrer Ecke: »Die Kripo besorgt sich einen Durchsuchungsbefehl, damit sie die Schränke da hinten öffnen können zur Beweissicherung.«

»Es ist doch nur einer verschlossen«, entgegnete ich.

Sie zuckte mit den Schultern. »Ohne den Papierkram dürfen sie vermutlich nicht mal einen Blick riskieren.«

Jetzt meldete sich auch Mrs. Merriman zu Wort, mit schuldbewußter Miene: »Sie haben uns gefragt, ob wir unsere Schränke freiwillig öffnen würden. Und das haben wir natürlich auch getan.«

Mrs. Merriman und Barbara Hemdahl wechselten einen Blick.

»Und?«

Mrs. Merriman wurde leicht rot. »In Mr. Sotherlands Schrank lag eine Reisetasche. Der Inhalt gehörte offenbar ihr.«

»Ist die Tasche noch hinten?«

»Ja. Aber sie haben einen Beamten zur Bewachung hiergelassen, damit niemand damit verschwinden kann. Sie haben alles auf dem Kopierer ausgebreitet.«

Ich ging nach hinten und warf einen Blick in den Lagerraum. Den diensthabenden Beamten kannte ich, und er hatte nichts dagegen, daß ich mir die Sachen ansah, solange ich nichts berührte. Die Reisetasche hatte all jene persönlichen Dinge enthalten, die Frauen gern bei sich tragen für den Fall, daß das übrige Gepäck versehentlich in Mexiko landet. Da lagen Zahnbürste und Zahncreme, Hausschuhe, ein durchsichtiges Nachthemd, Medikamente, Haarbürste und eine zweite Brille im Etui. Unter einem Stapel Unterwäsche entdeckte ich eine runde Plastikschachtel mit leicht gewölbtem Deckel in der Größe einer Puderdose.

Gavin Sotherland saß noch immer hinter seinem

Schreibtisch, als ich in sein Büro blickte. Er war grau im Gesicht und zog wie ein Mann an seiner Zigarre, der das Rauchen längst aufgegeben hatte, in Streßsituationen jedoch die schlechte Angewohnheit wiederaufnahm. Direkt hinter der Tür rechts stand ein zweiter Uniformierter.

Ich lehnte mich gegen den Türrahmen. Gavin sah kaum auf.

»Sie haben gewußt, was sie vorhatte, aber Sie dachten, sie würde Sie mitnehmen, was?«

Sein Lächeln war bitter. »Das Leben ist voller Überraschungen«, sagte er.

Ich mußte Robert Ackerman mitteilen, was ich herausgefunden hatte, und davor graute mir. Um Zeit zu schinden und um zu demonstrieren, was für ein braves Mädel ich bin, fuhr ich zuerst zum Polizeirevier, um die Beweise, die ich gesammelt hatte, abzuliefern und meine Theorie zu erklären. Sie verliehen mir zwar nicht gerade einen Orden, aber sie waren längst nicht so verärgert, wie es angesichts meiner zahlreichen Regelverstöße bei den Ermittlungen hätte sein können. Für ihre Verhältnisse waren sie sogar ziemlich höflich, was im Umgang mit mir was Neues war. Leider ging das alles sehr schnell, und bevor ich wußte, wie mir geschah, stand ich wieder vor Robert Ackermans Haustür.

Ich klingelte und wartete. Kalauer gingen mir durch den Kopf. Ich habe eine gute und eine schlechte Nachricht für Sie, Robert. Die gute Nachricht ist die, daß ich den Fall in wenigen Stunden aufklären konnte, so daß Sie mir nicht die vollen dreihundert Dollar bezahlen müssen, auf die wir uns geeinigt hatten. Die schlechte Nachricht lautet: Ihre Frau hat Geld unterschlagen, ist vermutlich tot, und es wird gerade ein Durchsuchungsbefehl ausgestellt, weil wir zu wissen glauben, wo die Leiche versteckt ist.

Die Tür ging auf. Vor mir stand Robert Ackerman, den

Finger an die Lippen gelegt. »Die Kinder machen Mittagsschlaf«, flüsterte er.

Ich nickte bedächtig, bekundete gestenreich mein Verständnis, als ob die Stille, die er dem Haus verordnete, dieses Verhalten von mir verlangte.

Er bedeutete mir, hereinzukommen, und wir gingen beide auf Zehenspitzen durchs Haus und in den rückwärtigen Garten hinaus, wo wir uns weiterhin in gedämpftem Ton unterhielten. Ich wußte nicht, in welchem Schlafzimmer die kleinen Scheißer schliefen, aber ich wollte auf keinen Fall dafür verantwortlich sein, daß sie aufwachten.

Nach einem Vormittag voller Vaterpflichten sah Robert zerzaust und geschafft aus.

»So bald habe ich Sie gar nicht zurückerwartet«, wisperte er.

Ich flüsterte ebenfalls. Die Geheimnistuerei schüchterte mich ein. Es erinnerte mich an die Schulzeit; die Luft roch nach Herbst, und wir hockten hier wie Kinder, die etwas ausgeheckt hatten, nebeneinander auf dem Rand der Sandkiste. Ich wollte ihm nicht das Herz brechen, aber was blieb mir anderes übrig?

»Ich glaube, wir haben den Fall gelöst«, begann ich.

Er sah mich einen Augenblick an. Aus meiner Miene schien er abzulesen, daß ich schlechte Nachrichten für ihn hatte. »Geht es ihr gut?«

»Vermutlich nicht«, antwortete ich. Dann erzählte ich ihm, was ich in Erfahrung gebracht hatte, fing mit der Unterschlagung und der Affäre mit Gavin an und schloß mit dem Streit, den der Leiter des Reisebüros mit angehört hatte. Robert war mir längst voraus.

»Sie ist tot, stimmt's?«

»Wir vermuten es.«

Er nickte. Tränen traten in seine Augen. Er schlang die Arme um die Knie und legte das Kinn auf die Fäuste. Ich wollte ihm die Hand auf den Arm legen. Er sah so jung aus. »Hatte sie wirklich einen andern«, fragte er kläglich.

»Das müßten Sie doch gemerkt haben«, entgegnete ich. »Sie haben erzählt, daß sie schon wochenlang unruhig und nervös gewesen ist. Hat Sie das nicht stutzig gemacht?«

Er zog seine Schultern hoch und wischte die Tränen in seinem Gesicht mit dem Ärmel ab. »Ich weiß nicht«, murmelte er. »Vielleicht.«

»Und dann sind Sie Freitag nachmittag in die Firma gefahren und ertappten sie dabei, daß sie verreisen wollte. Da haben Sie sie umgebracht, stimmt's?«

Seiner Kehle entrang sich ein quiekender Ton. Dann schluchzte er einmal auf, und seine Stimme wurde wieder zu einem Flüstern. »Sie hätte es nicht tun dürfen... uns so zu hintergehen. Wir haben sie so geliebt...«

»Ist das Geld hier?«

Er nickte unglücklich. »Davon wollte ich Ihr Honorar aber nicht bezahlen«, erklärte er unnötigerweise. »Wir hatten wirklich ein paar Ersparnisse, um eines Tages nach San Diego in den Zoo fahren zu können.«

»Tut mir leid, daß es nicht geklappt hat«, sagte ich.

»So dumm habe ich mich doch eigentlich nicht angestellt, oder? Ich meine, vielleicht hätte es klappen können.«

Ich hatte von der Reise zum Zoo gesprochen. Er dachte, ich spiele auf den Mord an seiner Frau an. Mein Gott!

»Sie hätten's fast geschafft.« Verdammter Mist, da saß ich nun und versuchte den Kerl auch noch zu trösten!

Er sah mich mitleiderregend an. Seine Augen waren gerötet und voller Tränen, seine Lippen zitterten. »Aber was habe ich falsch gemacht? Wie sind Sie auf mich gekommen?«

»Sie haben das Diaphragma in ihre Reisetasche gesteckt, die Sie gepackt haben. Sie hatten die Absicht, den Verdacht damit auf Gavin Sotherland zu lenken, aber der wußte, daß sie sich hatte sterilisieren lassen.«

Wut glomm in seinen Augen auf und erlosch wieder. Ich vermutete, daß ihre freiwillige Sterilisation ihn mehr traf als die Affäre mit ihrem Chef.

»Herrgott, ich weiß nicht, was sie an dem fand«, sagte er atemlos. »Dieses Schwein!«

»Na ja. Wenn es Sie tröstet, sie wollte auch ihn nicht mitnehmen auf die Reise. Sie wollte nur ihre Freiheit. Sonst nichts.«

Er zog ein Taschentuch heraus, putzte sich die Nase und versuchte sich zu beruhigen, zitternd vor innerer Anspannung. »Aber wie wollen Sie mir das ohne Leiche nachweisen? Wissen Sie denn, wo sie ist?«

»Ich denke schon«, erwiderte ich leise. »Die Sandkiste, Robert. Direkt unter uns.«

Er schien völlig gebrochen. »Mein Gott«, stöhnte er. »Mein Gott, bitte verraten Sie mich nicht. Sie können das Geld haben. Es interessiert mich überhaupt nicht. Aber lassen Sie mich bei meinen Kindern. Die kleinen Kerle brauchen mich. Ich hab's für sie getan. Das schwöre ich. Sie müssen es der Polizei doch nicht verraten, oder?«

Ich schüttelte den Kopf, öffnete meinen Hemdkragen und zeigte ihm das Mikro. »Die Polizei hat mitgehört.« Dann schweifte mein Blick zum seitlichen Gartenteil hinüber.

Und diesmal war ich tatsächlich froh, als Lieutenant Dolan dort auftauchte.

Unter der Bettdecke

Ich blinzelte die Frau vor meinem Schreibtisch verwirrt an. Ich hätte schwören können, daß sie gerade gesagt hatte, im Bett ihrer Tochter liege ein toter Mann. Die Aussage an sich war reichlich merkwürdig, erst recht, wenn sie mit diesem liebreizenden Lächeln und im höflichen Konversationston vorgebracht wurde. Möglicherweise hatte ich was mißverstanden.

Es war neun Uhr morgens, an einem ganz gewöhnlichen Wochentag. Zugegeben… ich hatte einen Kater; und das kommt höchst selten vor. Ich trinke sonst nie viel. Aber am Vorabend hatte mein Vermieter Henry Pitty seinen zweiundachtzigsten Geburtstag gefeiert. Zu irgendeinem Zeitpunkt muß die Party aus den Fugen geraten sein, denn jetzt saß ich mit einem Kopf aus Watte im Büro, kämpfte gegen Übelkeit an und versuchte, wie eine intelligente, tüchtige Privatdetektivin auszusehen; in Normalform bin ich das auch… ehrlich!

Meine Besucherin hatte sich als Emily Culpepper vorgestellt. Das allerdings war vorläufig das einzige, was Sinn ergab. Mrs. Culpepper war klein und zierlich und verkörperte jenen alterslosen Frauentyp, der immer adrett bleibt. Sie hatte dunkles kurzes Haar, ein hübsches Gesicht und sah aus wie die perfekte Familieneigenheimbesitzerin in ihrer blaßblauen Bluse mit dem runden Kragen, einer heidefarbenen Wolljacke und passendem Tweedrock, dünnen Strümpfen und Lederschuhen mit halbhohen zierlichen Absätzen. Ich schätzte, daß sie etwa in meinem Alter war.

Ich griff nach Block und Bleistift. »Verzeihen Sie, Mrs. Culpepper, würden Sie das bitte wiederholen?«

Das reizende Lächeln wurde starr. Sie beugte sich vor. »Machen Sie ein Protokoll?« erkundigte sie sich ängstlich. »Ich meine, kann das vor Gericht gegen mich verwendet werden?«

»Ich versuche nur zu begreifen, wovon Sie reden«, erwiderte ich. »Kann es sein, daß Sie gerade gesagt haben, im Bett Ihrer Tochter liege ein toter Mann? Ist das korrekt?«

Sie nickte ernst und mit großen Augen.

Ich schrieb ›toter Mann im Bett der Tochter‹ und wußte dabei nicht recht, was ich als nächstes fragen sollte. Wenn jemand so etwas behauptet, drängen sich so viele Fragen auf. »Kennen Sie den Mann?«

»Ja, natürlich. Es ist Gerald«, antwortete sie.

Ich notierte den Namen. »Ist das Ihr Mann?«

»Mein Liebhaber«, verbesserte sie mich. »Ich bin geschieden.«

»Und wo ist im Augenblick Ihre Tochter?«

»Bei ihm... bei meinem Mann. Vermutlich ist sie jetzt schon wieder auf dem Heimweg. An Wochentagen muß er sie nicht nehmen. Das steht im Scheidungsurteil. Aber er war verreist, und ich dachte, das geht in Ordnung. Dieses eine Mal wenigstens.«

»Sicher«, murmelte ich, um sie wenigstens in diesem Punkt zu beruhigen. »Und wann haben Sie...« Ich warf einen Blick auf meine Notizen. »... Gerald entdeckt?«

»Gegen sechs heute morgen. Das heißt, eher so gegen zehn vor.«

»Und wie ist er... hm... gestorben?«

»Wie bitte?«

»Ich meine die Todesursache. Können Sie mir da was sagen?«

»Ach so. Ja. Er wurde erschossen.«

Ich wartete, daß sie fortfuhr, aber sie schwieg. »Und wo?«

Sie deutete auf ihr Herz.

Ich machte mir erneut eine kurze Notiz. Das war ja wie beim Zähneziehen. »Und Sie sind sicher, daß er tot ist?«

»Nicht unbedingt«, erwiderte sie zögernd. »Er war kalt. Und steif. Geatmet hat er auch nicht mehr.«

»Das müßte genügen«, bemerkte ich. »Was ist mit der Tatwaffe?«

»Eine Pistole.«

»Haben Sie sie gesehen?«

»Sie lag direkt neben ihm auf dem Bett.«

»Wissen Sie zufällig, um welche Marke es sich handelt?« Ich nahm an, daß sie bei technischen Details passen würde, doch sie hielt sich tapfer.

»Es ist eine kleine Derringer, Kaliber 5,6 Millimeter mit zwei Läufen und doppelter Sicherung. Das bedeutet, sie kann nicht von selbst losgehen, auch wenn man sie fallen läßt. Außerdem... ist sie vernickelt mit schwarzem Griff und so breit.« Sie hielt Daumen und Zeigefinger ungefähr zwei Zentimeter auseinander.

Ich starrte sie an. »Die Pistole gehört Ihnen?«

»Ja. Ich habe sie erst letzte Woche gekauft. Deshalb war ich ja auch so entsetzt, als mir klarwurde, daß man ihn mit meiner Waffe erschossen hat. Und das auch noch in Altheas Bett! Sie ist erst vier, aber groß für ihr Alter. Althea schlägt nach der Familie meines Exmannes.«

Für mich war das Thema Gerald noch nicht ganz erledigt. »Warum haben Sie sich eine Pistole zugelegt?«

»Die war im Sonderangebot... fünfzig Prozent billiger.«

»Haben Sie *das* der Polizei erzählt?« Emily Culpepper wurde blaß. Der veränderte Ausdruck in ihrem Gesicht gefiel mir überhaupt nicht. »Sie haben doch wohl die Polizei verständigt, oder?«

»Ehrlich gesagt, nein. Ich hätte es tun müssen. Sicher. Aber wer hätte mir schon geglaubt? Wir hatten gestern nacht Streit. Normalerweise verliere ich nie die Beherrschung. Aber da bin ich explodiert. Ich habe ihn angebrüllt. Es war schrecklich. Ich habe geschrien, daß ich ihn umbringen würde. Wirklich! Dann kamen die Tränen, und ich bin aus dem Haus gerannt und die ganze Nacht mit dem Wagen herumgefahren.«

»Hat jemand die Drohung gehört?«

»Nur die Nachbarn auf beiden Seiten.«

Ich hatte das dringende Bedürfnis laut zu stöhnen, beherrschte mich jedoch. »Ich verstehe. Sie sind also herumgefahren. Was sonst noch? Haben Sie mit jemandem gesprochen? Kann jemand bezeugen, wo Sie wann gewesen sind?«

»Glaube ich nicht. Ich bin nur herumgefahren, um endlich den Mut zu fassen, ihm den Stuhl vor die Tür zu setzen. Wir leben seit einem halben Jahr zusammen, und es war der Himmel auf Erden. Einfach wunderbar! Ich kann mich nicht erinnern, je so glücklich gewesen zu sein.«

»Im Himmel wird niemand umgebracht«, bemerkte ich.

»Ich weiß. Aber ich hatte eben herausbekommen, daß er mich mit einer anderen Bewohnerin des Apartmenthauses betrog. Und da habe ich rotgesehen. Ich war ein Nervenbündel. Es ist nicht zu fassen! Da hat sich der Mann Tausende von Dollars von mir gepumpt, und dann muß ich feststellen, daß er mit Caroline herumbu... Na, Sie wissen schon, was ich meine.«

»Und das haben Sie erst gestern nacht erfahren?«

»Nein, nein. Die Affäre mit Caroline ist schon vor Wochen herausgekommen. Von der Szene mit ihr will ich gar nicht reden. Der reine Horror! Sie wurde hysterisch und ist ausgezogen. Soll sie bleiben, wo der Pfeffer wächst.«

»Hat Gerald so was schon mal gemacht?«

»Sie meinen, daß er fremdgegangen ist? Da bin ich nicht sicher. Ich nehme es an. Ja, muß er wohl. Er hat schon massenweise Frauen gehabt. Er war so was wie ein Don Juan. Wenn man ihm glauben durfte, hat er sie reihenweise betrogen. Nur hätte ich nie gedacht, daß er's auch bei mir versucht.«

»Was war an ihm denn so Tolles dran?« fragte ich. »Es macht mich immer neugierig, wenn Frauen sich in miese Typen verlieben.«

»Gerald ist…«

»War«, verbesserte ich sie.

»Richtig. Also er sah gut aus und so… war so zärtlich. Schwer zu sagen. Er war sehr liebevoll und einfühlsam. Und er war romantisch! Ich war verrückt nach ihm.«

Sie war den Tränen nahe, und ich ließ ihr Zeit, sich zu fassen.

»Und worum ging der Krach gestern abend?«

»Das weiß ich gar nicht mehr«, gestand sie. »Wir haben irgendwo noch was getrunken, und ein Wort gab das andere. Mit einer dummen Bemerkung an der Bar hat es angefangen, und plötzlich kam seine ganze Vergangenheit zur Sprache… diese Lorraine, nach der er vor Jahren so verrückt war; Ann-Marie, Trish, Lynn. Ständig hat er davon geredet, wie toll diese Frauen gewesen sind. Dann wurde er gemein und ich auch. Als wir in der Wohnung zurück waren, wurde es nur noch schlimmer. Als ich es nicht mehr aushalten konnte, bin ich gegangen.

Heute morgen, als ich zurückkam, dachte ich zuerst, er sei fort. Dann sah ich, daß Altheas Zimmertür offenstand. Da lag er. In ihrem Bett.«

»Was hatte er denn in dem Zimmer zu suchen?«

»Aus meinem hatte ich ihn ausgesperrt. Ich hatte gedroht, wenn er auch nur den Fuß da rein setzen würde, würde ich ihm in die Ei… Ich meine, ich habe gesagt, daß ich dann handgreiflich werden würde. Jedenfalls hat er wohl ein Glas und eine Flasche Bourbon mit in Altheas Zimmer genommen und dort getrunken, bis er umfiel. Ich stand im Türrahmen und habe ihm gesagt, daß er seine Sachen packen solle.

Zuerst dachte ich, er stellt sich nur schlafend. Als ich fertig war, und er noch immer kein Wort sagte, habe ich die Wut gekriegt und ihn an der Schulter gerüttelt. Und da habe ich erst gemerkt, daß er tot war. Und als ich die Decke zurückgeschlagen habe, war alles voller Blut.«

Ich schrieb mit, so schnell es ging, und merkte darüber gar nicht, daß sie geendet hatte. Als die Stille anhielt, sah ich zu ihr auf. Sie war dabei, ihre Fassung zu verlieren. Ihre Lippen zitterten, die Augen schwammen in Tränen. »Lassen Sie sich Zeit«, murmelte ich.

Sie kramte in ihrer Handtasche nach einem Taschentuch und tupfte sich die Augen trocken. Dann putzte sie die Nase und holte tief Luft. »Als ich dann die Pistole auf dem Bett entdeckte, habe ich ganz automatisch gehandelt.«

Mir schwante Böses. »Und was haben Sie gemacht?«

»Ich habe sie aufgehoben.«

»Mrs. Culpepper, ausgerechnet *das* hätten Sie nicht tun dürfen. Jetzt sind *Ihre* Fingerabdrücke auf der Waffe.«

»Ich weiß. Deshalb habe ich sie auch gleich wieder aus der Hand gelegt und bin fortgerannt. Mein Gott, ich war völlig aufgelöst.«

»Kann ich mir vorstellen«, sagte ich. »Und dann?«

»Ich habe mich in den Wagen gesetzt, bin eine Weile ziellos herumgefahren, dann habe ich angehalten, Ihre Nummer aus dem Telefonbuch herausgesucht und bin hierhergekommen.«

»Weshalb ausgerechnet zu mir?« fragte ich und versuchte, nicht allzu vorwurfsvoll zu klingen.

»Sie sind eine Frau. Ich dachte, Sie würden mich verstehen. Ich zahle jeden Preis, wenn Sie mir helfen, mich da rauszupauken. Ich meine, wenn Sie das alles der Polizei erklären...« Sie knetete ihr Taschentuch in den Händen und sah mich hilflos an.

Meine Augen brannten. Ich sehnte mich nach einer Roßkur mit Alka-Seltzer. Verstohlen zog ich meine Schreibtischschublade einen Spaltbreit auf und erspähte eine Packung. Was mochte passieren, wenn ich einfach eine Tablette auf der Zunge zergehen ließ wie ein Brausebonbon? Angeblich bringt einen das glatt um, aber ich weiß nicht, ob das nicht doch ein Märchen ist. Das Gerücht kursierte während meines Examensjahrs im College, zusammen mit der Geschichte von dem Mäuseschwanz, der aus einer Limoflasche ragte. Seither habe ich ein gestörtes Verhältnis zu Limonade in der Flasche.

Schließlich versuchte ich, mein angeschlagenes Denkvermögen wieder auf den vorliegenden Fall zu konzentrieren. Im stillen allerdings hoffte ich, mir Emily Culpeppers Probleme irgendwie vom Hals halten zu können; aber das war natürlich ein frommer Wunsch.

»Emily... ich darf Sie doch Emily nennen?«

»Gern. Aber dann sage ich Kinsey zu Ihnen.«

»Selbstverständlich«, antwortete ich. »Im Augenblick ist es das beste, ich gebe Sie in die Obhut einer Freundin... einer Anwältin mit Kanzlei in diesem Haus. Während Sie ihr die Geschichte schildern, fahre ich mit Ihren Schlüsseln zur Wohnung und sehe mir die Bescherung an. Dann verständige ich die Polizei. Natürlich möchten die Beamten mit Ihnen selbst reden, aber das geschieht dann wenigstens in Gegenwart eines Rechtsbeistands.«

Ich rief kurz Germaine an, sagte, worum es ging, und begleitete anschließend Emily Culpepper den Korridor entlang zu Germaines Kanzlei. Mit Emilys Wohnungsschlüssel in der Tasche lief ich dann zum Parkplatz hinunter und stieg in meinen VW.

Es war Winter in Santa Teresa, die schönste Jahreszeit in Kalifornien. Die Sonne schien, die Stadt ertrank in üppigem Grün, das Meer rauschte wie eine Waschmaschine im Schongang. Während das übrige Amerika in Regen, Matsch, Hagel und Schnee versank, waren wir in Hemdsärmeln und Shorts und spielten Volleyball am Strand; das heißt, einige wenigstens. Ich fuhr zu Emily Culpeppers Apartmenthaus und rekapitulierte dabei, was Emily in ihrer Ungeschicktheit alles auf sich geladen hatte. Es war eine ganze Menge. Nicht nur, daß sie ein Motiv für den

Mord an Gerald hatte... sie hatte ihn ganz konkret bedroht, und zwar so, daß Zeugen sie hatten hören können. Nicht nur, daß Gerald mit ihrer kleinen Derringer erschossen worden war, sie hatte das verdammte Ding auch noch angefaßt, möglicherweise bereits vorhandene Abdrücke verwischt und dafür deutlich ihre Fingerabdrücke hinterlassen. Und schließlich war sie davongelaufen, anstatt die Polizei sofort zu benachrichtigen. Die ganze Kette von Ereignissen war für Emily so belastend, daß ich mich schon fragte, ob sie mich zum Narren hielt, ob sie sich damit ein besonders schlaues (aber völlig absurdes) Alibi verschaffen wollte. Vielleicht hatte sie ihn wirklich getötet und sich diese verrückte Geschichte ausgedacht, um Spuren zu verwischen. Jedenfalls hatte sie sich so dämlich verhalten, daß es fast schon wieder gerissen schien.

Die Adresse, die Emily mir genannt hatte, führte zu einer schattigen Seitenstraße in der Nähe des Stadtzentrums von Santa Teresa. Etwa zwanzig Apartments waren hier um einen Innenhof gruppiert. Die Anlage war in jenem pseudo-spanischen Stil errichtet, der in dieser Gegend vorherrscht: rote Ziegeldächer, weiß verputztes Mauerwerk, Bögen und Innenhof mit Brunnen. Emily hatte das Apartment Nr. 2 im Erdgeschoß, gleich neben der Hausmeisterwohnung. Ich blickte mich um. Keine Menschenseele war zu sehen. Ich steckte den Schlüssel ins Schloß. Mich plagten Gewissensbisse, und ich war nervös. Leichen sind kein vergnüglicher Anblick, und ich war nicht sicher, was mich hinter dieser Tür erwartete.

Mein Herz klopfte heftig, und ich fühlte, wie mein Nakken feucht wurde. Obwohl Emily die Wohnung beschrieben hatte, brauchte ich einige Minuten, bis ich mich zurechtfand. Der Raum, in dem ich stand, war ein kombiniertes Wohn- und Eßzimmer. Eine langgestreckte Theke stellte die Verbindung zur dahinterliegenden Küche her. Grün und Goldgelb waren die vorherrschenden Farben, und die

Polstermöbel sahen bequem aus. Einige Spielsachen lagen herum, doch ansonsten sah alles sauber und ordentlich aus.

Ich durchquerte das Wohnzimmer. Links ging ein kurzer Korridor ab, der zu einem Badezimmer führte. Nach Emilys Beschreibung lag ihr Schlafzimmer links und Altheas Zimmer rechts von diesem Korridor. Beide Türen waren geschlossen. Ich ertappte mich dabei, wie ich auf Zehenspitzen den Gang entlangschlich und einen Moment vor Altheas Tür stehenblieb. Dann legte ich ein Papiertaschentuch über den Griff und öffnete.

Vorsichtig sah ich hinein: zartrosa Wände, Spielzeugregale, Stofftiere auf dem Fensterbrett, ein weißes Kinder-Himmelbett.

Und keine Leiche.

Ich starrte verdutzt auf die Tür. War ich nicht im richtigen Zimmer?

Ich probierte die gegenüberliegende Tür, doch die war, wie Emily gesagt hatte, verschlossen. Verwirrt kehrte ich in Altheas Zimmer zurück. Was wurde hier gespielt? Das Bett sah unberührt aus, die Überdecke fleckenlos weiß, die Kissen waren aufgeschüttelt. Vorsichtig zog ich die Bettdecke zurück und betrachtete prüfend das Bettuch. Von Blut keine Spur. Unter dem Leintuch lag eine Gummiunterlage, offenbar um die Matratze zu schützen, wenn Althea nachts gelegentlich ein kleines Mißgeschick passierte. Als ich schließlich auch die Gummiunterlage zurückschlug, kamen auf der Matratze weder Blutspuren noch Einschußlöcher zum Vorschein. Ich machte das Bett, strich den Überwurf glatt und schüttelte die Zierkissen auf.

Dann ging ich nachdenklich aus dem Zimmer und zum Telefon, das ich in der Küche entdeckt hatte. Ich legte auch hier ein Papiertaschentuch über den Hörer und hob ab. Die Leitung war tot. Ich verließ die Wohnung. Draußen war noch immer niemand zu sehen. Vorsichtig drückte ich mich an der Außenmauer entlang bis zu den Fenstern, die zu Emilys Schlafzimmer gehören mußten. Die Vorhänge waren einen Spaltbreit geöffnet. Ich spähte hinein. Alles schien in bester Ordnung zu sein. Von einer Leiche keine Spur.

»Kann ich irgendwie behilflich sein?«

Ich wirbelte herum. Vor mir stand eine Frau und musterte mich argwöhnisch. Sie war Mitte Vierzig, eine welke Schönheit mit tiefen Falten um Augen und Mundwinkel.

»Mein Gott, Sie haben mich zu Tode erschreckt!« entfuhr es mir atemlos.

»Das sehe ich.«

»Hören Sie, es ist nicht *so*, wie Sie denken. Ich wollte wirklich nicht einbrechen. Emily Culpepper hat mir ihre Wohnungsschlüssel gegeben, damit ich etwas für sie überprüfe.«

»Aha. Und das wäre?« fragte sie.

»Ich bin Privatdetektivin. Hier ist mein Ausweis.«

Ich zog die in Plastik eingeschweißte Kopie meiner Lizenz mit diesem schrecklichen Foto von mir aus der Handtasche. »Ich bin Kinsey Millhone«, fuhr ich fort, tippte mit dem Finger auf die Namenszeile und überließ ihr den Ausweis zur näheren Betrachtung. Ich hoffte, sie würde so etwas sagen wie: ›Das Foto ist Ihnen aber gar nicht ähnlich‹, doch sie schwieg. Schließlich gab sie mir meinen Ausweis unwillig zurück. »Trotzdem haben Sie mir noch nicht erklärt, was Sie hier eigentlich suchen.«

»Die Schlafzimmertür ist verschlossen. Ich wollte nachsehen, ob vielleicht jemand drin ist. Sind Sie Emilys Nachbarin?«

»Die Hausmeisterin. Pat Norman.«

»Kennen Sie Emilys Freund Gerald?«

»Gerry. Ja. Den kenne ich.« Sie beäugte mich weiterhin mißtrauisch, so als traue sie mir zu, jederzeit eine Gummischlange aus dem Ärmel zu zaubern und sie aus purem Übermut zu erschrecken.

»Dann wissen Sie vermutlich Bescheid«, fuhr ich fort. »Emily hatte angeblich gestern Krach mit Gerald und ist dann wütend davongefahren. Heute morgen ist sie nach Hause gekommen und hat Gerald im Bett ihrer Tochter vorgefunden... erschossen.«

»Tot?« fragte Pat entsetzt. »Großer Gott, warum hat sie denn das getan? Ist ja nicht zu fassen! Sieht Emily überhaupt nicht ähnlich.«

»Die Sache scheint komplizierter zu sein, als Sie denken. Ich konnte keine Leiche entdecken. Außerdem ist das Telefon kaputt. Könnte ich mal bei Ihnen telefonieren?«

Ich folgte Pat Norman in ihre Wohnung. Sie führte mich zum Telefon. Ich rief Germaine an und war unangenehm berührt, als Pat unverblümt lauschte. Germaine versprach, sofort mit Emily zu mir zu kommen.

Pat lud mich ein, während der Wartezeit eine Tasse Kaffee zu trinken. Ich nahm dankend an und sah mich in ihrer Wohnung um, während sie Geschirr holte. Die Aufteilung entsprach Emilys Apartment, die Möblierung war anders, doch Teppich, die Tapete in der Küche bis hin zu der Telefonnummer, die jemand mit Bleistift über dem Telefon an die Wand geschrieben hatte, waren identisch. Pat schien eine Vorliebe für Fotos zu haben, die sie mit irgendwelchen Berühmtheiten zeigten und die mit gefühlvollen Widmungen versehen waren. Sämtliche dieser ›VIP's‹ waren mir unbekannt, aber ich nahm an, daß ich mich beeindruckt zeigen mußte. »Eine tolle Sammlung. Alle Achtung«, bemerkte ich und vermied jede konkretere Bezeichnung.

»Ich war Golfprofi... in meiner Jugend«, gestand sie.

»Das ist ja interessant! Und seit wann machen Sie hier die Hausverwaltung?«

»Seit zwei Jahren.«

»Und Emily? Seit wann wohnt Emily hier?«

»Seit der Trennung von ihrem Mann. Das muß jetzt ein knappes Jahr her sein. Kurz darauf ist Gerald eingezogen.« Pat zögerte. »Wenn ich ehrlich sein soll, muß ich gestehen, daß ich den Streit gestern abend mitgekriegt habe. Ich habe die Wohnung direkt daneben… und mußte praktisch alles mitanhören. Ich bin überzeugt, daß sie ihm kein Haar gekrümmt hat… aber gedroht hat sie ihm… natürlich ohne es ernst zu meinen. So wie er sich verhalten hat, könnte man es allerdings verstehen.«

»Worum ging der Streit?«

»Sicher um seine Frauengeschichten. Er nahm mit, was er kriegen konnte. Der Typ, der sich zuerst Geld leiht und dann verduftet.«

»Haben Sie irgend etwas Ungewöhnliches gehört, nachdem Emily das Haus verlassen hatte?«

»Kann ich nicht behaupten.«

»Was ist eigentlich mit dieser Caroline? Ich meine die Frau, mit der er angeblich eine Affäre hatte?«

»Angeblich? Na, Sie sind gut! Monatelang hat er mit ihr rumgemacht, bis Emily endlich dahintergekommen ist. Ich wußte längst, daß da was lief, aber ich habe den Mund gehalten. Es geht mich schließlich nichts an. Da halte ich mich lieber raus.«

»Hatte er sich auch von Caroline Geld geliehen?«

»Keine Ahnung. Caroline wohnte zwei Apartments weiter. Vergangene Woche ist sie ausgezogen. Von heute auf morgen. Ziemlich rücksichtslos.« Pat sah auf die Uhr. »Heute kommen Leute, um die Wohnung zu besichtigen. Ich will sie zum Monatsende wieder vermietet haben.«

In diesem Moment klopfte es an der Tür. Pat öffnete. Eigentlich hatte ich Germaine und Emily erwartet. Statt dessen sagte eine kleine Person: »Ist Mammi da?«

Pat warf mir einen bedeutungsvollen Blick zu. Dann antwortete sie in dem albernen Ton, den Erwachsene gern vor Kindern benutzen: »Nein, Althea. Komm doch rein. Ist dein Daddy auch da?«

»Ja. Unten im Wagen.«

Normalerweise kann ich Kinder nicht leiden. Ich bin ein Einzelkind und bei einer unverheirateten Tante aufgewachsen, für die Kinder grundsätzlich ein Ärgernis waren, und manchmal auch ich. Althea jedoch hatte eine seltsame Wirkung auf mich. Sie hatte den stämmigen Körper einer Vierjährigen und ein uraltes Gesicht. Ich konnte mir exakt vorstellen, wie sie später einmal aussehen würde. Das Mädchen hatte Pausbacken und trug eine Brille mit rosarotem Plastikgestell. Hinter den dicken Gläsern wirkten ihre grauen Augen unnatürlich groß. Ihr vollkommen glattes braunes Haar war an beiden Seiten mit pinkfarbenen Spangen zusammengefaßt, die schon herauszurutschen drohten. Ihr gesmoktes Hängerkleidchen hatte Puffärmel, deren Gummizüge sich in ihre molligen Oberarme eindrückten. Sie wirkte in sich gekehrt und humorlos. In späteren Jahren würde sie sich vermutlich zu einer jener geheimnisvollen Frauen entwickeln, denen die Männer verfielen. Arrogant und mondän würde sie allen die Herzen brechen und niemals ganz verstehen, was sie anrichtete.

»Ich sollte dem Vater Bescheid sagen«, wandte sich Pat leise an mich. Altheas Blick wanderte von Pat zu mir.

»Hallo, ich bin Kinsey«, stellte ich mich vor.

»Hallo«, erwiderte das Mädchen.

Pat lief zum Parkplatz hinaus, wo offenbar Mr. Culpepper wartete.

Althea musterte mich mit dem feierlichen Ernst einer Katze. Sie setzte sich in einen Sessel und rutschte so weit zurück, daß ihre Füße gerade noch über den Polsterrand ragten. »Wer bist du?«

»Ich bin Privatdetektivin. Weißt du, was das ist?«

Sie nickte und schob die Brille zurück.

Da ich annahm, daß sie ihr Wissen über Privatdetektive aus dem Fernsehen bezog, war ich sicher, daß ich kaum ihren Vorstellungen entsprach. Das war vermutlich auch der Grund, warum sie mich so skeptisch anstarrte.

»Ich habe nicht ins Bett gemacht«, erklärte sie unvermittelt.

»Das glaube ich dir.«

Während sie mich weiterhin unverwandt musterte, schien sie etwas mehr Vertrauen zu mir zu fassen. »Wo wohnst du denn?« fragte sie schließlich.

»Drunten am Strand«, antwortete ich.

»Und warum bist du hier?« wollte sie wissen.

»Weil deine Mammi mich hergebeten hat.«

»Weshalb?«

»Damit ich mich ein bißchen umsehe und mit Pat rede…«

Althea betrachtete ihre Lederschuhe. »Soll ich dir mal was sagen?«

»Was denn?«

»Hühnerpopo«, sagte sie und ihr Gesicht verzog sich zu einem schüchternen Lächeln.

Ich lachte fast mehr über ihren Gesichtsausdruck als über den Kinderwitz, den ich als Kind selbst gern zum besten gegeben hatte. »Wie heißt dein Daddy?«

»David. Er ist netter als Gerald.«

»Kann ich mir vorstellen.«

Sie beugte sich plötzlich vor und zupfte an ihrem Schuh herum. Dann lehnte sie sich zurück und bewegte die Füße hin und her. »Wo ist meine Mutter?«

»Auf dem Weg hierher«, erwiderte ich.

Plötzlich wurde es still. Althea schnalzte mit der Zunge. Dann seufzte sie und stützte das Kinn auf die Hand. »Machst du manchmal ins Bett?«

»In letzter Zeit nicht mehr.«

»Ich auch nicht mehr. Nur Babys tun das. Und ich bin schon groß.«

Sie verstummte erneut. Wir hatten das Thema offenbar erschöpfend behandelt.

Draußen hörte ich Stimmengemurmel. Pat kehrte in Begleitung eines Mannes zurück, der sich mir als David Culpepper vorstellte. Culpepper war ein großer Mann mit Vollbart, dichtem Haar, breiten Schultern, schmalen Hüften und dem Oberkörper eines Gewichthebers. Er trug ein Flanellhemd, Jeans und Stiefel. Zum idealen Cowboy fehlte ihm eigentlich nur noch das Pferd. »Pat hat mir schon alles erzählt«, begann er. »Ist Emily noch nicht da?«

»Sie muß jeden Augenblick kommen«, versicherte ich ihm.

Wir sahen alle wie auf Kommando zu Althea, der Schocks irgendwelcher Art natürlich erspart bleiben sollten.

»Althea, Kleines«, sagte Pat prompt wie Minnie Mouse persönlich. »Geh' doch noch ein bißchen auf den Spielplatz schaukeln.«

»Das war ich schon.«

»Althea!« sagte ihr Vater mit drohendem Unterton.

Althea stand mit einem hörbaren Seufzer auf und ging mit beleidigter Miene zur Tür. Kaum war sie verschwunden, wandte sich David Culpepper mir zu.

»Was ist eigentlich los?«

»Im Augenblick weiß ich auch nicht mehr als Sie«, entgegnete ich. »Ihre Frau schwört, so gegen sechs Uhr heute morgen diesen Gerald mausetot in Altheas Bett entdeckt zu haben. Ich habe bisher nicht die Spur von ihm gefunden.«

»Mein Gott! Warum sollte Emily so was behaupten, wenn's nicht stimmt?«

»Bitte, entschuldigen Sie mich«, warf Pat ein. »Gleich

wollen sich Leute die leerstehende Wohnung ansehen. Ich warte lieber draußen. Sagen Sie mir, falls Sie was brauchen.« Damit nahm sie einen Schlüsselbund von der Küchentheke und ging in den Hof hinaus.

»Vielleicht sehen Sie sich Altheas Zimmer selbst mal an«, schlug ich David vor.

»Keine schlechte Idee.«

Emilys Wohnungstür war noch offen. Wir gingen durch den Wohnraum zu Altheas Zimmer. Von einer Leiche war genausowenig zu sehen wie zuvor. David untersuchte wie ich als erstes das Bett bis zur Matratze.

»War Gerald der Scheidungsgrund?« erkundigte ich mich, als er fertig war.

»Ja, das könnte man auch sagen.«

»Und was könnte man *noch* sagen?«

»Ich weiß nicht, was Sie das angeht.«

»Bitte, wenn Sie's lieber der Polizei erzählen.«

Er seufzte. »Bevor wir Althea bekamen, war Emily berufstätig. Nach der Geburt ist sie zu Hause geblieben. Offenbar hat sie das nicht gut vertragen. Wenigstens behauptet sie das. Als Althea in den Kindergarten ging, hatte sie plötzlich kaum was zu tun. Sie ist jeden Nachmittag in den Country Club gegangen. Ich dachte, sie würde sich dort großartig amüsieren. Ich wäre froh, wenn ich soviel Zeit hätte. Sie hat Tennis, Golf und Bridge gespielt. Und Gerald kennengelernt...«

Den Rest ließ er unausgesprochen, doch es war nicht schwierig, sich alles zusammenzureimen. Emilys Verhältnis mit Gerald hatte wohl als eine Art Freizeitsex begonnen und sich dann zu einer ernsthafteren Affäre entwickelt.

»Was machen Sie eigentlich beruflich?« fragte ich.

»Ich bin Bauunternehmer. Eine ziemlich anspruchslose Arbeit«, erklärte er beinahe entschuldigend. »Mir fehlt vermutlich die nötige Romantik... ich bin eher ein Vernunftmensch. Und viel Freizeit habe ich nie gehabt. Ich habe geschuftet, damit wir gut leben konnten.«

»Emily hat behauptet, Gerald sei ein Schuft gewesen. Er hat sie betrogen, sich Geld von ihr gepumpt. Weshalb hat sie das mit sich machen lassen?«

»Fragen Sie sie doch selbst«, entgegnete er. »Der Kerl war eine taube Nuß. Zahlen Sie mal Unterhalt und Alimente, wenn Sie genau wissen, daß Ihr Geld in die Taschen eines Mannes fließt, der Ihre Frau bumst.«

»David! Das ist eine Unverschämtheit!«

Wir drehten uns beide um. Emily Culpepper stand mit hochrotem Gesicht im Türrahmen. Hinter ihr entdeckte ich Germaine Santoni, die Anwältin aus der Kanzlei direkt gegenüber von meinem Büro. Germaine ist groß, hat dunkles, lockiges Haar und veilchenblaue Augen... David Culpepper erfaßte dies alles mit einem einzigen Blick. Ich machte die Honneurs und erklärte alles zum x-tenmal.

»Aber er hat genau dort gelegen!« sagte Emily aufgeregt. »Das schwöre ich!«

»Und Ihr Zimmer? Könnten wir da mal reinsehen?« bat ich.

Ich gab Emily ihre Schlüssel zurück. Sie schloß die Schlafzimmertür damit auf. Unsicher zwängten wir uns wie Comic-strip-Figuren in das kleine Zimmer. Von einer Leiche fehlte auch hier jede Spur. David sah in den Schrank, und Emily ließ sich auf Händen und Füßen nieder, um unters Bett zu gucken.

Schließlich machte sie die Nachttischschublade auf. »Da ist wenigstens meine Pistole!« Sie machte Anstalten hineinzugreifen.

»Lassen Sie die Finger weg!« schrie ich sie an. »Lassen Sie das verdammte Ding bloß liegen!«

Emilys Hand zuckte zurück. »Entschuldigung«, murmelte sie.

»Suchen wir weiter nach Gerald.«

Germaine nahm sich den Wäschekorb vor. Der Gründlichkeit zuliebe durchsuchte ich Altheas Zimmer und den Wäscheschrank im Flur und stellte interessiert fest, wie ordentlich dort alles war. Ich dagegen schaffte es nicht einmal, die Bettücher faltenlos zusammenzulegen, und stopfte die Handtücher meistens alle irgendwie in ein Fach hinein. Emilys Handtücher waren nach Farben geordnet, die Bettwäsche war gestärkt und gebügelt. Sie hielt sogar Platz im Regal für die Garnitur frei, die gerade in der Wäscherei war. Ich hatte den dringenden Verdacht, daß sie für die Herren sogar die Unterwäsche bügelte. Sie schien der Typ zu sein.

Ich wollte gerade in Emilys Schlafzimmer zurückkehren, als wir Pats Schreien hörten. Es klang wie in einem Horrorfilm, jedoch anhaltender. Ich hechtete aus der Wohnung und entdeckte Pat im Hof. Sie stand zwei Türen weiter, kalkweiß im Gesicht, und bewegte nur stumm die Lippen. Sie deutete dabei geradeaus. Ich drängte mich an ihr vorbei in das leere Apartment, das vormals wohl Caroline bewohnt hatte.

Auf dem Wohnzimmerfußboden lag eine Leiche. Ich hoffte nur inständig, daß es auch tatsächlich Gerald war.

»Das ist er!« behauptete Pat. »Oh, mein Gott. Er ist tot. Genau wie sie gesagt hat. Ich wollte die Wohnung noch mal lüften, bevor die Mietinteressenten kommen. Die Tür war nicht verschlossen. Ich bin reingegangen ... und da lag er.« Sie brach in Tränen aus.

Ich konnte mir nicht vorstellen, wie die Leiche hierhergekommen sein sollte. Hatte Gerald möglicherweise noch gelebt, als Emily ihn am frühen Morgen entdeckt hatte? Hatte er sich aus eigener Kraft hierher geschleppt? Ich beugte mich über den Toten und betrachtete verständnislos das Häufchen weißen Pulvers neben Geralds rechter Hand. Das Zeug sah aus wie Waschpulver. Die Körnchen, die am rechten Zeigefinger des Toten hafteten, ließen darauf schließen, daß er noch versucht hatte, eine Nachricht zu übermitteln. Jedenfalls waren auf der Oberfläche des Pulvers Buchstaben erkennbar.

»Was ist das denn?« fragte David hinter mir.

»Keine Ahnung«, murmelte ich. »Liest sich wie M-A-F-I-A. Mafia?«

»Großer Gott, ein Mafiamord!«

»Machen Sie sich nicht lächerlich!« schimpfte Pat und putzte geräuschvoll die Nase. »Was sollten die denn von Gerald gewollt haben?«

Ich ging in die Küche. Die Waschpulverschachtel stand vor der Spüle am Boden. Sie war leer. Es handelte sich um eine jener Portionspackungen, die man in Waschsalons aus dem Automaten holen kann. Ich ließ alles so, wie es war. Die Leute von der Spurensicherung hatten sicher noch einiges damit vor.

Inzwischen war natürlich auch Emily Culpepper herübergekommen, zusammen mit Germaine und einem Paar, das ich zum erstenmal sah. Die Vier standen vor der Tür. Ich sah, wie sich die fremde Frau zu Germaine hinüberbeugte und ihr ins Ohr flüsterte.

»Ist das die Wohnung, die zu vermieten ist?«

Germaine nickte und legte den Finger an die Lippen. Vermutlich wollte sie die Dame damit zum Schweigen bringen, um uns verstehen zu können.

Die Frau senkte die Stimme. »In der Annonce stand was von Einbauten. Wissen Sie, ob der Kühlschrank eine automatische Abtauvorrichtung hat?« Offenbar nahm sie an, Germaine sei die Maklerin.

Germaine schüttelte den Kopf. »Ich bin auch gerade erst hergekommen«, wisperte sie. »Im Wohnzimmer liegt eine Leiche.«

»Der frühere Mieter?«

»Jemand anders«, erwiderte Germaine.

Die Frau nickte, als ob man bei einer Wohnungssuche

öfters über Leichen stolperte. Sie gab die Informationen an ihren Mann weiter, und der stellte sich sofort auf Zehenspitzen, um besser sehen zu können.

»Ich rufe von Pat aus die Polizei an«, erklärte David unvermittelt. »Faßt nichts an.« Wir starrten ihn verblüfft an. Bis auf den toten Gerald war die Wohnung leer. Und wer wollte schon eine Leiche anfassen?

Pat begann erneut leise zu schluchzen. Emily legte tröstend den Arm um sie, führte sie in den Hof und setzte sich mit ihr auf den Brunnenrand. Die Mietinteressenten hatten offenbar beschlossen, sich weiter umzusehen, und verschwanden in der Wohnung. Ich gesellte mich zu Pat und Emily auf den Brunnenrand. Germaine ging im Hof auf und ab und rauchte eine Zigarette.

Plötzlich beugte sich Emily vor und sah mich an. »Jetzt wissen Sie, daß ich nicht verrückt bin«, sagte sie. »Ich habe ihn heute morgen gesehen. Allerdings ist mir nicht klar, wie er dorthin gekommen ist.«

»Sind Sie sicher, daß er heute morgen tot war?« fragte ich noch einmal.

»Also beschwören könnte ich das nicht.«

»Was ist mit dem Hinweis auf die Mafia? Könnte Gerald was mit dem Mob zu tun gehabt haben?« Ich faßte es selbst kaum, daß mir Platitüden wie ›Mob‹ so glatt über die Lippen gingen, so als sei Gerald ›hingerichtet‹ worden, weil er einen Verbrecherboß ausgetrickst hatte. Das war absurd. Ich kam mir vor wie in einem schlechten Fernsehfilm.

Pat faßte mich am Arm. Ihre Nägel gruben sich schmerzhaft in mein Fleisch. »Jetzt fällt es mir wieder ein. Caroline hat vor zwei Tagen hier angerufen. Sie wollte vorbeikommen, um den Rest der Kautionssumme für die Hausreinigung abzuholen. Sie hatte uns nämlich keine neue Adresse hinterlassen.«

»Na und?«

»Was, wenn sie wirklich zurückgekommen ist?«

»Gestern nacht?« fragte ich.

Pat nickte heftig. »Vielleicht hat sie gehört, wie Emily Gerald bedroht hat. Sie könnte gewartet haben, bis Emily fortgefahren war, und dann selbst hineingegangen sein.«

»Hat sie von der Pistole gewußt?«

»Das wußte jeder«, erwiderte Pat.

Emily blieb skeptisch. »Ich hatte die Tür zwar nicht abgeschlossen gelassen, aber es macht trotzdem keinen Sinn. Wenn sie ihn umgebracht hat... warum hat sie dann die Leiche in ihre Wohnung gebracht, anstatt sie in meinem Apartment zu lassen?«

»Und weshalb hätte sie Ihre Telefonleitung durchschneiden sollen?« warf ich ein. »Das Problem ist, daß wir den Hergang nicht kennen. Möglicherweise haben Sie den Mörder gestört.«

»Augenblick mal«, sagte Emily plötzlich. »Angenommen er hat versucht, die Anfangsbuchstaben des Namens seines Mörders zu schreiben...«

Ich sah, wie alle mit dem Mund stumm M-A-F-I-A... formten, um herauszufinden, wie der Name lauten konnte.

In diesem Moment kam David über den Hof. »Die Polizei ist unterwegs«, verkündete er.

»Ich gleich auch, Herrschaften«, erklärte Germaine. »Ich habe in zehn Minuten eine Besprechung in meinem Büro.«

»Aber wie soll ich mich denn verhalten?« fragte Emily. »Was ist, wenn sie mich verhören und ins Gefängnis stecken?«

»In einer Stunde bin ich wieder hier. Verweigern Sie erst mal die Aussage. Sagen Sie den Herren, daß Sie Fragen nur in Gegenwart Ihrer Anwältin beantworten.«

»Kann ich das denn?« wollte Emily naiv wissen. »Ich meine, ist das überhaupt zulässig?«

»Das steht im Gesetzbuch, schwarz auf weiß, Herzchen«, erwiderte Germaine mit mehr Geduld, als ich sie in diesem Moment aufgebracht hätte.

Ich warf ihr einen dankbaren Blick zu. Sie ging zu ihrem Wagen, der am Straßenrand parkte.

Etwas an dieser Geschichte stimmte nicht. Ich hatte wieder einmal das Gefühl, es müsse für alles eine simple Erklärung geben, vorausgesetzt ich kam darauf. Jemand zupfte an meinem Ärmel. Ich sah hinunter. Neben mir stand Althea. Sie schob ihre Hand in meine Hand. Offenbar fühlte sie sich ausgerechnet zu mir hingezogen; fast wie eine Katze, die sich unweigerlich auf dem Schoß desjenigen niederläßt, der an Katzen-Phobie leidet. Zugegeben, ich fühlte mich irgendwie geschmeichelt. Allerdings konnte ich mir nicht ganz erklären, womit ich mir dieses Vertrauen verdient hatte.

Pat entdeckte jetzt ebenfalls das kleine Mädchen.

»Oh, da ist ja Althea!« flötete sie in höchsten Tönen.

»Wir machen jetzt einen kleinen Spaziergang«, verkündete ich entschlossen, denn ich fürchtete fast, auch noch in diesen Ton zu verfallen, wenn ich noch länger hier herumhing.

Althea und ich schlenderten in einer Seitenstraße auf und ab, an einem Eingang zum Innenhof vorbei. Dabei konnte ich beobachten, daß mittlerweile zwei Beamte in Uniform eingetroffen und die potentiellen Mieter bei der Besichtigung der Waschküche angelangt waren. Die Leute von der Spurensicherung schienen sich zu verspäten, denn in der folgenden halben Stunde standen alle nur tatenlos herum. Zuvor hatte ein Beamter die Personalien der Beteiligten aufgenommen, und der andere den Tatort mit einem Seil abgesperrt.

Altheas Schweigen wurde mir allmählich doch unheimlich.

»Bist du kein bißchen neugierig?« fragte ich.

Sie schüttelte ernst den Kopf. »Wir sind vorhin nicht hier gewesen, als ich gespielt habe.«

»Was hast du gemacht?«

»Nichts.«

»Klingt langweilig«, bemerkte ich. »Und wieso hast du nichts gemacht?«

»Deshalb.«

»Und dabei bleibst du, was?« sagte ich scherzhaft. Ich sah in das ernste kleine Gesicht mit den Pausbacken, der Brille und den großen grauen Augen hinunter. Für das Kind war die Sache nicht zum Lachen, und ich wußte, daß ich nichts ins Lächerliche ziehen durfte.

»Gerald ist tot«, erklärte sie.

»Ja, sieht so aus«, antwortete ich nachdenklich.

Ich dachte an den Mann, der in ihrem Zimmer erschossen worden war, und an die leere Wohnung zwei Türen weiter. Emily mußte am Tatort aufgetaucht sein, bevor die Leiche fortgebracht werden konnte. Aber weshalb hatte man ihn ausgerechnet dort umgebracht? Und warum hatte man ihn dann fortgeschafft? Weshalb fanden sich in Altheas Bett keinerlei Spuren? Das Waschpulver auf dem Teppich und die Buchstaben fielen mir wieder ein. Es war reichlich verwirrend. Die Antwort schien greifbar zu sein. Ich blieb stehen. Zu viele Fragen wirbelten in meinem Kopf herum.

»Komm! Mal sehen, ob wir bei Pat kurz telefonieren können«, sagte ich zu Althea. Das Kind trippelte gehorsam neben mir her. Wir gingen auf den Hof und an der Waschküche vorbei.

»Warte einen Moment.« Ich streckte den Kopf zur Tür hinein. An der Wand hing tatsächlich ein Waschmittelautomat, aus dem man kleine Portionspackungen entnehmen konnte. Es waren dieselben Schachteln, die wir in Carolines Wohnung gefunden hatten. Zumindest wußte ich jetzt, woher das Waschpulver stammte.

Am Brunnen warteten Pat und Emily noch immer auf das Eintreffen der Mordkommission mit Arzt, Fotografen und anderen Spezialisten.

»Darf ich mal bei Ihnen telefonieren?« bat ich Pat. Sie nickte.

Die Telefonnummer, die ich sowohl bei Pat als auch bei Emily an der Wand gelesen hatte, machte mich neugierig. Warum hatten sich die beiden dieselbe Nummer notiert? Was hatten sie gemeinsam... abgesehen von der Tatsache, daß sie in einem Haus wohnten? Ich überlegte, ob die Lösung des Rätsels in dieser siebenstelligen Nummer verborgen liegen könnte.

Wir betraten Pats Wohnung. Ich ging schnurstracks zum Telefon, warf einen Blick auf die Nummer an der Wand und wählte. Das Rufzeichen ertönte zweimal, dann meldete sich eine melodische Stimme: ›Beim ersten Ton des Zeitzeichens ist es zwölf Uhr null Minuten und null Sekunden.‹ Ich lachte schallend. Althea musterte mich verwundert.

»Was ist denn so lustig?« wollte sie wissen.

»Ach, nichts. Ich habe nur gerade was Dummes gemacht.«

Auf dem Weg zur Wohnungstür fiel mein Blick auf Pats Fotokollektion. Und plötzlich erlebte ich eines jener geistigen Erdbeben, durch die alle Zusammenhänge klar werden. Vielleicht war nicht das ›Warum‹, sondern das ›Wer‹ die entscheidende Frage. »Althea, war Gerald Golfprofi?«

Das Kind nickte.

»He, Kleine«, sagte ich. »Gerade haben wir beide den Fall geknackt!«

Altheas Blick war eher besorgt als begeistert.

Als ich in den Innenhof zurückkam, war Lieutenant Dolan endlich eingetroffen. Er beriet sich mit den beiden Beamten in Uniform. David, Emily und Pat standen abwartend etwas abseits. Über mein Auftauchen schien er überrascht, aber nicht unbedingt unangenehm berührt zu sein. Dolan ist der stellvertretende Leiter des Dezernats für Gewaltverbrechen, Mitte Fünfzig und ein kluger Kopf mit

Hängebacken. Obwohl ich meistens ein Ärgernis für ihn bin, weiß er doch, daß ich ihn respektiere und niemals in seinem Revier wildere. Da ich selbst zwei Jahre im Polizeidienst gewesen bin, würde ich nie Informationen zurückhalten oder Beweismittel unterschlagen.

»Was haben *Sie* denn mit diesem Fall zu tun?« fragte er prompt.

Ich gab ihm einen kurzen Abriß der Ereignisse. Als ich geendet hatte, steckte er die Hände in die Taschen und wippte auf den Absätzen hin und her. »Und wie ich annehme, zaubern Sie uns den Mörder auch gleich aus dem Hut.« Das war als Witz gedacht.

»Ganz richtig«, erwiderte ich. »Darf ich anfangen?«

»Ihr Auftritt, bitte!«

Ich faßte Althea an der Hand und ging in Emilys Apartment zurück. Die ganze Versammlung trabte hinter uns her in Altheas Zimmer. Ich kam mir fast ein wenig wie Hercule Poirot vor. Ich wartete, bis alle versammelt waren, auch die Wohnungshaie, die im Hintergrund lauerten und sich verstohlen umsahen. Man konnte ja nicht wissen. Vielleicht wurde Emily verhaftet, und ihr Apartment stand ebenfalls zur Disposition.

»Fangen wir ganz von vorn an«, erklärte ich. »Emily war überzeugt, daß Gerald in Altheas Bett erschossen worden ist. Als ich herkam, war die Leiche jedoch verschwunden, und es fehlte jede Spur von einem Mord.

Ich bin zu Pat rübergegangen, um zu telefonieren. Da kamen Althea und ihr Vater. Emily hatte das Kind über Nacht zu David geschickt, und er brachte sie nun zurück. Das sollten wir zumindest glauben. In Wahrheit hatte David Althea bereits wesentlich früher zurückgebracht. Er hatte Geralds Leiche entdeckt und sofort erkannt, wie schlecht es um Emily bestellt war...«

»Augenblick mal«, unterbrach Dolan mich. »Weshalb sind Sie so sicher, daß die Leiche überhaupt hier gelegen hat? Sie stützen sich doch allein auf Mrs. Culpeppers Aussage, stimmt's?«

»Schon, aber die entspricht der Wahrheit«, erwiderte ich.

»Beweise?« forderte Dolan lakonisch. Er schien interessiert, aber nicht überzeugt zu sein.

Mein Herz begann nervös zu klopfen, doch ich gab mich selbstsicher. Wie schon einige Stunden zuvor zerlegte ich das Bett. Leintuch und Bezüge waren noch immer peinlich sauber, und die Matratze sah völlig unberührt aus. David knackte unruhig mit den Fingerknöcheln. Emily legte Althea beschützend die Hände auf die Schultern und zog sie an sich.

»Drehen wir die Matratze doch einfach mal um«, erklärte ich.

Die beiden Polizisten in Uniform taten das mit einem geschickten Ruck. Auf der Unterseite wies die Matratze im rechten unteren Bereich ein Loch und einen dunkelroten Fleck auf.

»Wenn mich nicht alles täuscht, müßten Sie dort in der Füllung die Kugel vom Kaliber 5,6 Millimeter finden, die Gerald getötet hat.«

»Aber was haben das Waschpulver und die durchgeschnittene Telefonleitung zu bedeuten?« fragte Pat.

»Gar nichts«, erwiderte ich. »David hat sein möglichstes getan, um den Verdacht von seiner Exfrau abzulenken. Deshalb das ganze Theater. Er hat die Leiche vom Tatort weggeschafft, die Matratze umgedreht und das Bett frisch bezogen.«

»Er?« wiederholte Emily überrascht, als höre sie zum erstenmal, daß ihr Exmann überhaupt in der Lage war, ein Bett zu beziehen.

»Ja, natürlich. Mir ist aufgefallen, daß eine Garnitur im Wäscheschrank fehlt. Außerdem habe ich gemerkt, daß Althea aus irgendeinem Grund Angst hatte. David hatte sie zum Spielplatz geschickt, aber sie hatte gesehen, wie er das Bett abzog und fürchtete, man würde ihr vorwerfen, ins Bett gemacht zu haben.«

Althea sah von einem zum anderen. Sie merkte offenbar, daß ihr Vater in einer unangenehmen Lage war.

»David hat Althea eingeschärft, niemandem zu sagen, daß sie hier gewesen waren, und sie hat ihn wörtlich genommen«, fuhr ich fort. »Ich fand die Art, wie sie sich ausdrückte merkwürdig, bis mir klarwurde, was sie mit ›wir sind vorhin nicht hier gewesen‹ meinte.« Ich sah Althea an. »Du hast versucht, genau das zu tun, was dein Daddy dir gesagt hatte, stimmt's?«

»Und wie geht's weiter?« fragte Dolan ungeduldig.

»Tja, nachdem er die Leiche fortgeschafft hatte, hat er versucht, falsche Spuren zu legen. Er hat das Waschpulver ausgeschüttet und mit Geralds Finger Buchstaben in das Pulver gemalt. Es sollte so aussehen, als sei Gerald von wildfremden Leuten umgebracht worden. David hat offenbar zu viel Folgen von ›Hawai-Null-Fünf‹ gesehen.«

»Blödsinn!« schnaubte David verächtlich. »Sie können nichts beweisen!«

»O doch. Ich denke schon«, widersprach ich gelassen.

»David soll Gerald umgebracht haben?« sagte Emily mit ihren großen unschuldigen Augen.

Ich schüttelte den Kopf. »Das war Pat«, erklärte ich. »Pat wie Patricia.«

Alle drehten sich gleichzeitig um und starrten Pat an; nur das Ehepaar im Hintergrund verzog keine Miene.

»Wer?« fragte der Mann seine Frau.

»Ich?« sagte Pat. »Das ist doch lächerlich. Welchen Grund sollte ich gehabt haben?«

»Das müssen Sie uns schon persönlich erklären«, fuhr ich fort. »Ich nehme an, daß Sie vor langer Zeit in Gerald verliebt gewesen waren. Damals zum Beispiel, als Sie das Haig & Haig-Turnier im Jahre 1966 gespielt haben. Sie haben mir selbst erzählt, daß Sie damals Golfprofi waren. Das Foto, das man von Ihnen beiden beim Turnier gemacht hat, hängt in Ihrer Wohnung. Es trägt sogar seine Widmung: ›Für Trish, in ewiger Liebe – Gerry.‹ Schon als ich zum erstenmal bei Ihnen telefoniert habe, ist mir das Bild aufgefallen, aber zu diesem Zeitpunkt hatte ich Gerald ja noch nicht gesehen. Erst beim zweitenmal habe ich ihn darauf erkannt. Und dann ist mir eingefallen, daß Emily von einer ehemaligen Freundin Geralds namens ›Trish‹ gesprochen hatte.«

Dolan blickte Pat an. »Möchten Sie einen Anwalt, bevor Sie mehr sagen?«

»Ach, was hilft das schon?« entgegnete sie ungeduldig. »Der Schuft ist tot. Das ist alles, worauf's mir ankommt. Ich hatte zwar gehofft, den Mord einer anderen anhängen zu können, aber dann hat David alles verdorben. ›MAFIA‹! Mein Gott, ich habe meinen Augen nicht getraut!«

»Geschieht Ihnen ganz recht!« konterte David. »Sie haben versucht, den Verdacht auf Emily zu lenken!«

»Na und? Sie hätte auf Mord im Affekt plädieren können. Und welche Geschworenen hätten ein Püppchen wie sie schon auf den elektrischen Stuhl gebracht?«

»Aber warum haben Sie ihn denn umgebracht?« wollte Emily entsetzt wissen. »Das begreife ich nicht.«

»Auch um Gänse wie Sie vor ihm zu schützen«, entgegnete Pat. »Sie haben ja keine Ahnung, was er mir angetan hat. Ich bin zweiundzwanzig, dumm und unerfahren gewesen. Der Schuft hat mich um mein ganzes Geld erleichtert und sich mit einem Flittchen davongemacht, das weit unter mir in der Rangliste stand. Er hat mir das Herz gebrochen, meinen Aufschwung ruiniert und meine Karriere zerstört. Und dann platzt er eines Tages so mir nichts, dir nichts wieder in mein Leben! Das war zuviel für mich. Und das schlimmste: Er hat mich nicht mal wiedererkannt! Er wußte gar nicht, wer ich bin. Ich habe damals gelitten wie ein Tier. Dabei war ich ihm völlig gleichgültig. Ich war ein Niemand. Nicht mal eine nette Erinnerung. Mir war von vornherein klar, daß ich mit ihm abrechnen würde. Und wenn's das letzte sein sollte, das ich auf dieser Welt tat.«

»Hört, hört«, sagte der Mann im Hintergrund und verstummte, als seine Frau ihm den Ellbogen in die Rippen stieß.

Danach löste sich die Versammlung auf. Pat wurde fortgebracht. Die anderen versuchten in der folgenden Viertelstunde, alles noch einmal zu rekapitulieren. Emily bat David eine Weile zu bleiben. Sie war gerührt, daß er versucht hatte, sie vor dem Zugriff der Polizei zu retten. Mir war schon seit geraumer Zeit aufgefallen, daß sich meine Kopfschmerzen wieder einstellten, und ich verabschiedete mich. Althea folgte mir und beobachtete jede meiner Bewegungen. Sie postierte sich auf dem Bürgersteig, während ich in den Wagen stieg. Schließlich kurbelte ich das Fenster auf der Beifahrerseite herunter und machte ihr ein Zeichen, näher zu kommen.

»Alles in Ordnung?« fragte ich.

Althea nickte und sagte dann scheu: »Wenn ich groß bin, möchte ich werden wie du.«

»Gute Idee«, lobte ich. »Paß mal auf. Heute in zwanzig Jahren kommst du zu mir ins Büro. Dann machen wir einen Partnerschaftsvertrag.«

»In Ordnung«, sagte sie ernst, und wir besiegelten die Abmachung mit einem Handschlag.

Die Parker-Flinte

Die Weihnachtsfeiertage kamen und gingen vorüber, und das neue Jahr hielt Einzug. Es war Januar in Kalifornien und so schön, wie es in diesem Monat nur sein konnte: kühl, klar und grün, mit einem Himmel in der Farbe von Glyzinien und einer Meeresbrandung, die donnernd an die Küste rollte.

An jenem Montagmorgen saß ich in meinem Büro, hatte die Beine hochgelegt, und sann gerade darüber nach, was das Leben wohl noch zu bieten hatte, als eine Frau aufgeregt hereinstürmte und eine Fotografie auf meinen Schreibtisch schleuderte. Meine Bekanntschaft mit einem Schrotgewehr der Marke ›Parker‹ begann also mit der fotografischen Darstellung seiner Wirkung. Im vorliegenden Fall war die Flinte offenbar aus nächster Nähe auf einen vormals recht gut aussehenden Mann abgefeuert worden. Das Gesicht des Opfers war fast unversehrt geblieben, doch für einen Kamm hatte er nun keine Verwendung mehr. Es fiel mir schwer, Gleichmut zu heucheln, als ich zu meiner Besucherin aufsah.

»Man hat meinen Mann umgebracht!«

»Das ist nicht zu übersehen«, erwiderte ich.

Die junge Witwe riß das Foto wieder an sich und starrte darauf, als wolle sie sich alle Einzelheiten genau einprägen. Ihr Gesicht war gerötet, und sie blinzelte vehement, um die Tränen zurückzuhalten. »Mein Gott, Rudd ist fünf Monate tot, und die Polizei produziert nur Scheiße. Ich habe es so satt, mit Floskeln abgespeist zu werden, daß ich schreien könnte.«

Sie sank abrupt auf einen Stuhl und preßte die Hand vor den Mund, um nicht die Beherrschung zu verlieren. Sie mochte etwa Ende Zwanzig sein und war auffallend hübsch. Ihr Haar hatte die Farbe von Coca-Cola mit Kirschgechmack und fiel glatt bis auf die Schultern. Mit ihren großen rehbraunen Augen und vollen Lippen sah sie aus wie Schneewittchen auf einem Vierfarbendruck, obwohl sie ganz offensichtlich nicht geschminkt war. Nach ihrer Figur zu schließen war sie im siebten Monat schwanger, also noch nicht unförmig, aber rundlich. Nachdem sie sich etwas beruhigt hatte, stellte sie sich als Lisa Osterling vor.

»Das ist ein Polizeifoto«, stellte ich fest. »Wie sind Sie dazu gekommen?«

Lisa kramte ein Taschentuch aus ihrer Handtasche und putzte die Nase. »Ich habe da so meine Methoden«, murmelte sie düster. »Ich kenne den Fotografen und habe das Bild geklaut. Ich lasse es vergrößern und häng's mir an die Wand, damit ich nichts vergesse. Die Polizei hofft noch immer, daß ich die Sache auf sich beruhen lasse, aber da haben sie sich getäuscht.« Ihre Lippen begannen erneut zu zucken, und Tränen tropften auf ihren Rock, als wäre die Decke in meinem Büro leck.

»Was ist denn eigentlich passiert?« wollte ich wissen. »Normalerweise arbeitet die Polizei in dieser Stadt doch sehr effizient.« Ich stand auf, füllte einen Pappbecher an meinem Wasserspender und reichte ihn ihr. Sie murmelte einen Dank, trank aus und starrte auf den Boden des Bechers, während sie antwortete: »Rudd hat bis einen Monat vor seinem Tod mit Kokain gedealt. Die Polizei hat's zwar nicht deutlich gesagt, aber ich weiß, daß sie ihn als kleinen Ganoven, der einem Betriebsunfall zum Opfer gefallen ist, abgeschrieben haben. So was kümmert die doch nicht. Sie hätten's gern so hingedreht, als wäre er bei einem betrügerischen Deal ums Leben gekommen. Aber das stimmt nicht. Rudd hatte das alles aufgegeben ... wegen dem hier.«

Lisa sah auf ihren gewölbten Leib hinunter. Sie trug ein hellgrünes T-Shirt mit einem Pfeil auf der Vorderseite. Über der Brust prangte in maschinengestickten Buchstaben das Wort ›Hoppla!‹

»Was haben Sie denn für eine Theorie?« fragte ich. Insgeheim neigte ich bereits zur offiziellen Polizeiversion. Im Drogengeschäft ist nämlich noch niemand alt geworden. Dafür geht's um zu viel Geld, und dafür haben zu viele Amateure ihre Finger im Spiel. Wir lebten in Santa Teresa... gut hundert Kilometer nördlich von Los Angeles, aber es gibt Regeln, die gelten überall. Und mit einer Schrotladung pflegt man in der Unterwelt schlechte Geschäftsberichte zu quittieren.

»Ich habe keine Theorie. Mir gefällt nur die von der Polizei nicht. Ich möchte, daß Sie den Fall untersuchen, damit ich Rudds Namen reinwaschen kann, bevor das Baby kommt.«

Ich zuckte mit den Schultern. »Ich werde tun, was ich kann, aber ohne Garantie. Was ist, wenn die Polizei tatsächlich recht hat?«

Sie stand auf und sah mich unbewegt an. »Ich habe keine Ahnung, warum Rudd sterben mußte, aber mit Drogen hatte das nichts zu tun«, erklärte sie (und wie sich herausstellte, sollte sie im großen und ganzen recht behalten). Sie machte die Handtasche auf und nahm ein Bündel Geldscheine in der Größe eines Sockenknäuels heraus. »Wieviel kriegen Sie?«

»Dreißig Dollar pro Stunde plus Spesen.«

Lisa Osterling zog einige Hundertdollarscheine aus dem Bündel und legte sie auf den Schreibtisch.

Ich holte ein Vertragsformular aus der Schublade.

Den nächsten Hinweis auf die Parker-Schrotflinte erhielt ich in Form eines Gutachtens von einem Büchsenmacher und Waffenhändler, das ich ungefähr eine Stunde später im Heim der Osterlings entdeckte, als ich Rudds Habseligkeiten durchsuchte. Die Adresse, die Lisa Osterling mir angegeben hatte, lag in den Bluffs, einem Wohnviertel im Westen der Stadt, direkt oberhalb der Pazifikküste.

Eigentlich hätte es eine vornehme Gegend sein können, doch dazu produzierte das Meer hier viel zuviel Nebel und korrodierende Salzluft. Die Anwesen waren klein und hatten Durchgangscharakter. Es sah überall so aus, als wollten die Bewohner gegen Monatsende bereits wieder die Koffer packen. Niemand schien hier je Zäune zu streichen, und die Gärten wirkten, als würden die Eigentümer den ganzen Tag am Strand verbringen. Ich war Lisa im Wagen gefolgt und hatte mir den Fall noch einmal durch den Kopf gehen lassen, während ich meinen altersschwachen VW-Käfer den Capilla Hill hinaufquälte und dann rechts in die Pesipio Mall einbog.

Der verstorbene Rudd Osterling hatte seit den sechziger Jahren in Santa Teresa gelebt, als er auf der Suche nach Sonne, guten Surfbedingungen, gutem Stoff und freiem Sex an die Westküste gekommen war. Er hatte in Campingbussen und Kommunen gewohnt, als Dachdecker, Baumpfleger, Bohnenpflücker, Koch und Gabelstaplerfahrer gearbeitet. Das alles jedoch ohne Ehrgeiz oder nachweisbaren Erfolg. Zwei Jahre vor seinem Tod hatte er begonnen, mit Kokain zu dealen. Und offenbar hatte er dabei unerwartet viel Geld verdient. Dann hatte er Lisa kennengelernt und geheiratet. Lisa wiederum war entschlossen gewesen, ihn zum Ausstieg aus dem Drogengeschäft zu bewegen. Und wenn man ihr glauben konnte, hatte Rudd sich tatsächlich gerade aus dem Kokaingeschäft zurückgezogen, als ihn die Schrotflinte ins Jenseits beförderte.

Ich bog hinter Lisas Wagen in die Einfahrt ein und betrachtete den Bungalow aus Holz und Stein, den ungepflegten Rasen und den windschiefen Gartenzaun. Hier sah es aus wie in einem jener Eigenheime, an denen ständig herumgebaut wird; und das vermutlich ohne Genehmigung und unter Mißachtung sämtlicher Bauvorschriften. In diesem Fall war neben der Garage ein neues Fundament angelegt worden, aber durch die Ritzen im Beton wuchs bereits das Gras. Ein hölzerner Schuppen war teilweise abgerissen und das alte Bauholz achtlos auf einen Haufen geworfen worden. Neben dem Haus lagen stapelweise billige Nut- und Federbretter, die von der Sonne gebleicht und stellenweise aufgeworfen waren. Es sah alles ziemlich trist und deprimierend aus, doch Lisa hatte keinen Blick dafür.

Ich folgte ihr ins Haus.

»Wir waren gerade dabei, den Bungalow zu renovieren, als er starb«, sagte sie.

»Wann haben Sie das Haus gekauft?« Ich redete einfach drauflos, um meinen Widerwillen beim Anblick des alten Linoleumbelags zu verbergen, über den eine Ameisenstraße an Toastkrümeln und Marmeladenresten entlang bis zur Hintertür führte.

»Eigentlich gar nicht«, klärte Lisa mich auf.

»Es hat meiner Mutter gehört. Sie und mein Stiefvater sind vergangenes Jahr wieder in den Mittleren Westen zurück.«

»Und Rudd? Hatte er hier Familie?«

»Nein. Ich glaube, die leben alle in Connecticut. Ein eingebildeter Haufen. Seine Eltern sind tot, und seine Schwestern sind nicht mal zur Beerdigung erschienen.«

»Hatte er viele Freunde?«

»Alle Kokain-Dealer haben Freunde.«

»Feinde?«

»Nicht daß ich wüßte.«

»Wer war sein Lieferant?«

»Keine Ahnung.«

»Und sonst? Hatte er Streit mit jemandem? Liefen Verfahren gegen ihn? Zank mit Nachbarn? Familienzwist wegen einer Erbschaft?«

Lisa verneinte.

Ich hatte ihr gesagt, daß ich mir Rudds Sachen ansehen wolle, daher führte sie mich in ein kleines Zimmer an der

Rückfront des Hauses, wo er einen kleinen Tisch Akten aufgestellt hatte, wie ein richtiger kleiner Unternehmer. Ich begann mit der Suche, während Lisa mich gegen den Türrahmen gelehnt beobachtete.

»Erzählen Sie mir, was in der Woche passiert ist, als er starb«, bat ich sie. Ich sah Rechnungsquittungen in einem Schuhkarton durch. Sie stammten aus dem nächsten Supermarkt, vom Elektrizitäts- und Gaswerk und von der Telefongesellschaft.

Lisa ging zum Schreibtischstuhl und setzte sich. »Viel kann ich Ihnen nicht sagen, weil ich da noch gearbeitet habe. Ich mache Änderungen und Reparaturen in einer Reinigung in der Pesipio Mall. Rudd kam gelegentlich dort vorbei, wenn er unterwegs war. Er hatte zwar schon ein paar Aufträge an Land gezogen, aber allein von der Gärtnerei konnten wir nicht leben. Er versuchte, aus seinen alten Geschäften auszusteigen. Irgendein Junge schuldete ihm Geld. Daran erinnere ich mich.«

»Hat er Kokain auf Kredit verkauft?«

Lisa zuckte mit den Schultern. »Möglicherweise waren's auch Grass oder Pillen.«

»Buch hat er wohl nicht darüber geführt, was?«

»Himmel, nein. Das hatte er alles im Kopf. Er war viel zu ängstlich. Schriftliches hätte er nie hinterlassen.«

Die Aktenkisten quollen fast über vor alten Briefen, Steuererklärungen, Quittungen. Für mich unergiebig.

»Was war an dem Tag, an dem er erschossen wurde? Haben Sie da auch gearbeitet?«

Sie schüttelte den Kopf. »Es war ein Samstag. Ich hatte zwar frei, war aber zum Einkaufen gefahren. Nach etwa eineinhalb Stunden bin ich zurückgekommen. Und da parkten Streifenwagen in der Einfahrt, und die Ambulanz war da. Auf der Straße standen Nachbarn.« Sie verstummte. Den Rest sollte ich mir wohl allein zusammenreimen.

»Hatte er jemanden erwartet?« wollte ich wissen.

»Mir hat er davon jedenfalls nichts gesagt. Er hat in der Garage rumgemacht. Chauncy von nebenan hat den Schuß gehört. Als er herkam, um nachzusehen, war der Mörder fort.«

Ich ging zur Tür. »Ist das Schlafzimmer auch hier hinten?«

»Ja. Ich habe seine Sachen noch gar nicht aussortiert. Irgendwann werd' ich's wohl tun müssen. In sein Büro kommt das Kinderzimmer.«

Ich betrat das eheliche Schlafzimmer und durchsuchte Rudds Garderobe im Schrank. »Hat die Polizei was gefunden?«

»Die hat doch gar nicht erst gesucht. Das heißt, ein Typ ist mal hier gewesen und hat rumgeschnüffelt… glatte fünf Minuten.«

Ich begann mit den Schubladen, die Rudds Habseligkeiten enthielten. Bemerkenswertes fiel mir dabei nicht in die Hände. Auf der Kommode stand eines jener messingbeschlagenen Kästchen aus Walnußholz, in dem Rudd offenbar seine Uhr, seine Schlüssel und Kleingeld aufbewahrt hatte. In Gedanken versunken hob ich es hoch. Darunter lag ein gefaltetes Blatt Papier. Es handelte sich um das Gutachten eines Büchsenmachers in Colgate, einer kleinen Gemeinde nördlich von Santa Teresa. »Was ist eine Parker?« fragte ich Lisa, nachdem ich das Gutachten gelesen hatte. Sie sah mir über die Schulter.

»Oh! Das ist vermutlich das Gutachten über die Schrotflinte, die er bekommen hatte.«

»Über die, mit der er erschossen wurde?«

»Keine Ahnung. Die Tatwaffe ist nie gefunden worden. Der Mann von der Mordkommission hat allerdings behauptet, ballistische Untersuchungen könnten in diesem Fall sowieso nicht durchgeführt werden… oder so ähnlich.«

»Weshalb hat Rudd sie überhaupt schätzen lassen?«

»Er hat sie als Tilgung einer größeren Drogenschuld angenommen und mußte wissen, was sie wert war.«

»Drogenschuld? Die von dem Jungen, den Sie vorher erwähnt hatten? Oder war's ein anderer?«

»Ich glaube, es war der Junge. Zuerst wollte Rudd die Waffe verkaufen. Aber dann kam raus, daß sie ein Sammlerstück ist. Und da hat er sie behalten. Der Waffenhändler hat nach Rudds Tod noch mehrmals angerufen, aber da war die Flinte schon verschwunden.«

»Haben Sie das der Polizei erzählt?«

»Natürlich. Es hat sie nicht die Bohne interessiert.«

In diesem Punkt hatte ich meine Zweifel. Trotzdem steckte ich das Blatt Papier ein. Ich wollte die Sache überprüfen und anschließend mit Dolan vom Morddezernat sprechen.

Das Waffengeschäft lag in einer Seitengasse der Hauptdurchgangsstraße von Colgate. Von hier aus wirkte Colgate wie eine Ansammlung von Eisenwarenhandlungen, Autovermietungen und Baumschulen; allesamt Unternehmen, die gut die Hälfte ihrer Waren im Freien hinter soliden Maschendrahtzäunen feilzubieten schienen. Das Waffengeschäft befand sich im vorderen Wohnraum eines schmalen Holzhauses. In einigen Vitrinen lag Waffenzubehör, von Schußwaffen war nichts zu sehen.

Aus dem Hinterzimmer trat ein Mann Anfang Fünfzig mit hagerem Gesicht, graumeliertem Haar und grauen Augen hinter randlosen Brillengläsern. Über Hose und dem Oberhemd mit aufgekrempelten Ärmeln trug er eine lange, graue Schürze. Auffallend war sein ebenmäßiges, blendendweißes Gebiß. Als er den Mund aufmachte, wurde der rosafarbene Rand seiner oberen Prothese sichtbar, was die Wirkung erheblich minderte. Trotzdem mußte man ihn als gutaussehend bezeichnen. Bei einer Zehn-Punkte-Skala jedenfalls würde ich ihm sieben zugestehen; für einen Mann seines Alters ein passables Ergebnis. »Ja, bitte?« wandte er sich an mich. Ich glaubte, einen Dialekt herauszuhören, und tippte prompt auf Virginia.

»Sind Sie Avery Lamb?«

»Ja, bin ich. Was kann ich für Sie tun?«

»Weiß ich noch nicht genau. Aber vielleicht sagen Sie mir erst mal mehr über ein Gutachten, das von Ihnen stammt.« Ich reichte ihm das Blatt Papier.

Er warf einen kurzen Blick darauf. Dann sah er mich an.

»Woher haben Sie das?«

»Von Rudd Osterlings Witwe«, erwiderte ich.

»Mir hat sie gesagt, daß sie die Flinte nicht hat.«

»Das stimmt auch.«

Er schien verwirrt zu sein, blieb jedoch vorsichtig. »Was haben Sie mit der Sache zu tun?«

Ich gab ihm meine Visitenkarte. »Lisa Osterling hat mich beauftragt, Rudds Tod näher zu untersuchen. Die Schrotflinte könnte wichtig sein. Immerhin ist er mit einer Schrotflinte erschossen worden.«

Avery Lamb schüttelte den Kopf. »Komische Geschichte. Das ist jetzt das zweite Mal, daß die Waffe verschwunden ist.«

»Was soll das heißen?«

»Im Juni hat eine Frau die Schrotflinte hergebracht und schätzen lassen. Ich habe ihr ein Kaufangebot gemacht. Aber bevor wir uns handelseinig werden konnten, hat sie behauptet, die Waffe wäre gestohlen worden.«

»Hört sich so an, als hätten Sie ihr nicht geglaubt.«

»Natürlich nicht. Ich vermute, sie hat den Diebstahl der Polizei gemeldet. Aber ich denke, sie wußte genau, wer die Waffe geklaut hatte. Und dann ist dieser Osterling mit derselben Schrotflinte bei mir aufgetaucht. Sie hatte eine englische Schäftung mit bieberschwanzförmigem Vorderschaft. Kaum zu verwechseln.«

»Ist das nicht ein merkwürdiger Zufall? Ich meine, daß er die Waffe ausgerechnet zu Ihnen gebracht hat?«

»Eigentlich nicht. Ich bin einer der wenigen Büchsenmachermeister in der Gegend. Er brauchte sich praktisch nur umzuhören... genau wie die Frau vor ihm.«

»Haben Sie ihr erzählt, daß die Waffe wieder aufgetaucht ist?«

Er zog die Augenbrauchen hoch. »Bevor ich dazu kam, war er tot, und die Parker war wieder verschwunden.«

Ich überprüfte das Datum auf dem Gutachten. »War das im August?«

»Ganz richtig. Seither habe ich die Waffe nicht mehr zu Gesicht bekommen.«

»Hat er Ihnen verraten, woher er die Waffe hatte?«

»Angeblich hat es sich um ein Tauschgeschäft gehandelt. Ich habe ihm zwar gesagt, daß bereits eine Frau mit dieser Flinte bei mir gewesen sei, aber das schien ihn nicht zu kümmern.«

»Und wieviel ist diese Parker wert?«

Avery Lamb zögerte. Er schien sich die Antwort reiflich zu überlegen. »Ich habe ihm sechstausend geboten.«

»Gut. Aber mich interessiert, wie hoch der Marktwert der Waffe ist.«

»Das hängt davon ab, wieviel ein potentieller Käufer zu zahlen bereit ist.«

Ich versuchte, meine Ungeduld zu unterdrücken. Der Waffenhändler konnte mich nicht täuschen. Er redete um den heißen Brei herum, um sich nicht festlegen zu müssen für den Fall, daß die Waffe wieder auftauchte. »Hören Sie«, begann ich. »Es bleibt unter uns. Von mir erfährt niemand was. Es sei denn, die Polizei interessiert sich für die Sache. Und dann haben wir beide keine andere Wahl. Sowieso ist die Waffe im Moment verschwunden. Was soll's?«

Lamb blieb skeptisch, war jedoch Realist. Er räusperte sich sichtlich verlegen. »Sechsundneunzig.«

Ich starrte ihn ungläubig an. »Tausend? Sechsundneunzigtausend?«

Er nickte.

»Donnerwetter! Verdammt viel für eine Flinte, was?«

Lamb senkte die Stimme. »Miss Millhone, die Waffe ist von unschätzbarem Wert. Es handelt sich um eine A-1-Special, Kaliber 28, mit Wechsellauf. Von diesem Typ sind nur zwei Exemplare angefertigt worden.«

»Aber soviel Geld? Warum?«

»Erst mal ist die Parker ein Meisterstück der Büchsenmacherkunst. Natürlich gibt es auch da Qualitätsunterschiede, aber diese Waffe ist einzigartig. Fein gemasertes Schaftholz. Eine der erstaunlichsten Gravuren, die ich je gesehen habe. Für Parker arbeitete ein Italiener, der manchmal allein 5000 Arbeitsstunden auf die Gravuren verwendete. Die Firma hat 1942 dichtgemacht. Es sind also nicht mehr viele dieser Waffen im Handel.«

»Sie haben doch von zwei Exemplaren gesprochen. Wo ist die andere Flinte? Wissen Sie das?«

»Nur vom Hörensagen. Ein Händler in Ohio hat sie vor einigen Jahren für sechsundneunzigtausend auf einer Auktion gekauft. Soviel ich weiß, befindet sie sich mittlerweile im Besitz eines Texaners mit einer ganzen Sammlung von Parkers. Die Flinte, die Osterling gebracht hat, galt seit Jahren als verschollen. Ich glaube nicht, daß er wußte, was er da hatte.«

»Und *Sie* haben's ihm nicht gesagt?«

Lamb wich meinem Blick aus. »Gesagt habe ich ihm genug«, verteidigte er sich vorsichtig. »Ich kann nichts dafür, wenn er nichts damit anzufangen wußte.«

»Weshalb sind Sie so sicher, daß es die verschollene Parker war?«

»Die Seriennummer stimmte... und alles andere auch.

68

Eine Fälschung war ausgeschlossen. Ich habe die Waffe mit einer Lupe untersucht. Sie wies weder Schweißnähte noch Spuren von herausgefeilten Markierungen auf. Nachdem ich die Waffe gründlich überprüft hatte, habe ich sie einem Freund und Waffenkenner gezeigt. Er hat sie sofort identifiziert.«

»Wer außer Ihnen und Ihrem Freund wußte davon?«

»Derjenige, von dem Rudd Osterling sie gekriegt hat, nehme ich an.«

»Ich brauche Namen und Adresse der Frau... wenn Sie die noch haben«, sagte ich. »Vielleicht weiß sie, wie Rudd zu der Flinte gekommen ist.«

Erneut zögerte der Waffenhändler. Dann zuckte er mit den Schultern. »Warum nicht?« Er schrieb etwas auf einen Zettel und schob ihn über die Ladentheke. »Ich würd's gern wissen, wenn die Flinte wieder auftaucht.«

»Kein Problem. Vorausgesetzt, Mrs. Osterling hat nichts dagegen.«

Im Augenblick hatte ich keine weiteren Fragen. Ich ging zur Tür und sah mich noch einmal nach Lamb um. »Wenn die Flinte gestohlen war, wie hätte Rudd sie dann veräußern können? Hätte er dazu nicht einen Eigentumsnachweis gebraucht? Etwas, das ihn als den Eigentümer auswies?«

Avery Lamb verzog keine Miene. »Nicht unbedingt. Wenn ein fanatischer Sammler die Waffe zu fassen gekriegt hätte, wär' sie endgültig aus dem Verkehr gezogen worden. Er hätte sie in seinem Keller versteckt und sie keiner Menschenseele je gezeigt. Es hätte ihm genügt, sie zu besitzen. Und dazu braucht man keinen Eigentumsnachweis.«

Ich setzte mich draußen in meinen Wagen und machte mir Notizen, solange die Erinnerung noch frisch war. Dann las ich den Zettel, den Lamb mir gegeben hatte. Mein Adrenalinpegel schnellte nach oben: Es war eine Adresse in der Nachbarschaft der Osterlings.

Der Name lautete Jackie Barnett. Ich fand das Haus zwei Straßenzüge vom Heim der Osterlings entfernt in einer Parallelstraße; ein großes Eckgrundstück mit Avokadobäumen, von Palmen gesäumt. Das Haus war gelb verputzt. Von den braunen Fensterläden blätterte Farbe. Die Rasenfläche mußte dringend gemäht werden. Am Briefkasten stand der Name ›Squires‹, doch die Hausnummer stimmte. Über dem Tor der Doppelgarage war ein Basketballkorb angebracht, und in der Einfahrt stand ein Motorrad mit abgebauter Verkleidung.

Ich parkte den VW und stieg aus. Als ich auf das Haus zuging, entdeckte ich im seitlichen Gartenteil einen Mann im Rollstuhl, der wie eine dekorative Gartenfigur auf dem Rasen stand. Er war leichenblaß, hatte seidiges, weißes Haar und rotgeränderte Augen. Die linke Gesichtshälfte war gelähmt, und sein rechter Arm lag leblos auf dem Schoß. Aus den Augenwinkeln sah ich kurz eine Frau hinter einem Fenster auftauchen. Sie war offenbar durch das Schlagen der Autotür auf mich aufmerksam geworden. Ich lief auf die Veranda vor dem Eingang zu. Sie öffnete die Tür, bevor ich überhaupt Anstalten machen konnte, zu klopfen.

»Sie müssen Kinsey Millhone sein. Ich habe gerade mit Avery telefoniert. Er hat gesagt, daß Sie kommen würden.«

»Das ging ja schnell. Ich hatte keine Ahnung, daß ich schon angemeldet bin. Aber es erspart mir lange Erklärungen. Dann sind Sie Jackie Barnett?«

»Ganz recht. Wenn Sie möchten, kommen Sie rein. Ich muß nur noch nach *ihm* sehen.« Sie deutete auf den Mann im Rollstuhl.

»Ihr Vater?«

Sie warf mir einen strengen Blick zu. »Mein Mann.« Ich

sah ihr nach, wie sie über die Rasenfläche zum Rollstuhl ging, und war dankbar, mich auf diese Weise von meiner Verblüffung erholen zu können. Jetzt war klar, daß sie älter sein mußte, als ich zuerst angenommen hatte. Ich schätzte sie auf Anfang Fünfzig; ein Alter, in dem Frauen zu dick Make-up auflegen und blondes Haar einen Tick zu blond färben. Jackie Barnett war mollig, wenn nicht sogar dick, aber dabei durchaus attraktiv. Für die Maler des siebzehnten Jahrhunderts wäre sie das ideale Modell für das Genre ›fülliges, weißes Fleisch in der Umarmung mit einem Faun‹ gewesen. Über so etwas wie ›Fleischeslust‹ war der alte Mann im Rollstuhl längst erhaben. Die Laute allerdings, die er von sich gab – aufgrund der Lähmung konnte er nicht mehr artikulieren –, erinnerten beunruhigend an die Geräusche ekstatischer Leidenschaft.

Ich wandte den Blick von dem Alten und dachte statt dessen an Avery Lamb. Er hatte zwar nicht gerade behauptet, Jackie Barnett sei eine Fremde für ihn, aber zumindest getan hatte er so. Ich fragte mich mittlerweile, welcher Art ihre Beziehung wohl sein mochte.

Jackie sprach kurz mit dem alten Mann und zog die Reisedecke über seinem Schoß glatt. Dann kam sie zurück, und wir gingen ins Haus.

»Heißen Sie Barnett oder Squires?« erkundigte ich mich.

»Von Rechts wegen Squires. Aber meistens nenne ich mich noch Barnett.« Sie war ganz offensichtlich verärgert, und ich bezog das automatisch auf mich, bis sie sich entschuldigte. »Ich hab' langsam die Nase voll von ihm. Haben Sie schon mal jemand gepflegt, der einen Schlaganfall hatte?«

»Nein, aber ich kann mir vorstellen, daß das schwierig ist.«

»Schwierig? Es ist die Hölle. Es mag hartherzig klingen... aber aufbrausend war er schon immer. Und jetzt ist er auch noch frustriert, egozentrisch und fordernd. Nichts paßt ihm. Überhaupt nichts. Manchmal stelle ich ihn einfach im Rollstuhl in den Garten, damit ich ihn los bin. Setzen Sie sich doch, Schätzchen.«

Ich setzte mich. »Seit wann ist er krank?«

»Den ersten Schlaganfall hatte er im Juni. Seitdem war er mehrmals im Krankenhaus.«

»Was ist eigentlich mit der Schrotflinte passiert, die Sie Avery angeboten hatten?«

»Ach die! Er hat mir erzählt, daß Sie einen Mordfall untersuchen. Das Opfer soll hier im Viertel gewohnt haben, stimmt's?«

»Drüben in der Whitmore —«

»Eine schreckliche Geschichte. Ich hab' in der Zeitung davon gelesen. Wie ist das eigentlich ausgegangen?«

»Einzelheiten weiß ich nicht«, wehrte ich ab. »Ich suche eigentlich eine Schrotflinte, die Rudd Osterling gehörte. Avery Lamb hat behauptet, es sei dieselbe gewesen, die Sie ihm kurz vorher angeboten hatten.«

Jackie Barnett hatte automatisch Unterteller und Tassen aus dem Schrank geholt, und ich mußte auf ihre Antwort warten, bis sie uns beiden Kaffee eingeschenkt hatte. Sie reichte mir eine Tasse, setzte sich und griff nach dem Milchkännchen. Schließlich sah sie mich verlegen an. »Ich hab' die Flinte genommen, um's ihm heimzuzahlen«, gestand sie mit einer Kopfbewegung in Richtung Garten. »Ich bin seit sechs Jahren mit Bill verheiratet, und ein Jahr war schlimmer als das andere. Aber das hab' ich mir selbst eingebrockt. Ich war jahrelang geschieden, und es ging mir blendend. Dann mit fünfzig bekam ich plötzlich Torschlußpanik. Es war wohl die Angst, allein alt zu werden. Da ist mir Bill über den Weg gelaufen. Er schien eine blendende Partie zu sein. Zwar war er pensioniert, aber er hatte massenhaft Geld... so schien es wenigstens. Er hat mir das Blaue vom Himmel versprochen. Er sagte, wir würden reisen, er wollte mir Kleider, einen Wagen und sonst noch was kaufen. Und dann stellt sich heraus, daß er ein mieser Pfennigfuchser mit einem gemeinen Mundwerk und locker sitzender Faust ist. Aber damit wenigstens ist Schluß.« Sie hielt kopfschüttelnd inne und starrte in ihre Kaffeetasse.«

»Dann gehörte die Flinte also ihm?«

»Ja. Er hat eine ganze Sammlung von Schrotflinten. Und mit denen ist er liebevoller umgegangen als mit mir, glauben Sie. Ich wollte, daß er sie verkauft. Waffen sind mir unheimlich. Die Dinger machen mir Angst. Und als er krank wurde, stellte sich heraus, daß er zwar versichert ist, daß die Kasse aber nur achtzig Prozent bezahlt. Ich fürchte, daß seine ganzen Ersparnisse draufgehen werden. Das kann noch jahrelang so weitergehen. Und wenn er stirbt, habe ich vielleicht seine Schulden am Hals. Deshalb habe ich einfach wahllos eine Flinte genommen, um sie bei Avery zu verkaufen. Ich brauchte was Neues zum Anziehen.«

»Und weshalb haben Sie sich's dann anders überlegt?«

»Ich war der Meinung, das Ding sei acht-, neunhundert Dollar wert. Avery hat mir gleich sechstausend geboten. Ich mußte also annehmen, daß sie mindestens das Doppelte wert war. Deshalb habe ich es mit der Angst zu tun gekriegt und sie wieder in den Schrank gestellt.«

»Aber kurz darauf war die Flinte verschwunden?«

»Keine Ahnung. Ich habe gar nicht mehr darauf geachtet. Bill hat gemerkt, daß sie verschwunden war... Als er von seinem zweiten Krankenhausaufenthalt nach Hause kam. Da war hier was los! Sie hätten ihn erleben sollen. Zwei Tage lang hat er hier rumgewütet, dann kam der nächste Schlaganfall, und er mußte wieder ins Krankenhaus. Recht geschieht's ihm, wenn Sie mich fragen. Und ich hatte wenigstens ein verlängertes Wochenende ganz für mich. Ich hab's dringend gebraucht.«

»Haben Sie einen Verdacht, wer die Flinte gestohlen haben könnte?«

Sie sah mich groß an. Ihre Augen waren sehr blau und sehr arglos. »Nicht den geringsten.«

Ich ließ ihr noch ein paar Sekunden Zeit, die Rolle der Naiven auszukosten, dann legte ich einen Köder aus, um zu sehen, wie sie reagierte. »Schade. Sie haben den Diebstahl sicher der Polizei gemeldet?«

Es war ihr anzusehen, wie sie mit sich rang, ob sie mit Ja oder Nein antworten sollte. »Natürlich«, entschied sie schließlich aufs Geratewohl.

Sie gehörte zu den ungeübten Lügnern, die rot werden.

»Und die Versicherung?« frage ich betont harmlos. »Haben Sie die Versicherung in Anspruch genommen?«

Jackie Barnett sah mich ausdruckslos an. Ich hatte das untrügliche Gefühl, sie wirklich überrumpelt zu haben. »Wissen Sie, daran habe ich überhaupt nicht gedacht«, sagte sie schließlich. »Aber die Flinte war bestimmt versichert.«

»Sicher, eine so wertvolle Waffe. Bei welcher Gesellschaft sind Sie denn versichert?«

»Das kann ich so aus dem Stegreif gar nicht sagen. Ich müßte nachsehen.«

»An Ihrer Stelle würde ich das tun«, riet ich ihr. »Sie können jederzeit Ihren Versicherungsanspruch geltend machen. Dazu brauchen Sie nur die Aktennummer Ihrer Anzeige bei der Polizei anzugeben.«

»Die Aktennummer?«

»Ja, die steht im polizeilichen Protokoll.«

Jackie Barnett rutschte auf ihrem Stuhl hin und her und sah auf die Uhr. »Herrje, ich muß ihm seine Tabletten geben. Wollten Sie sonst noch was wissen?« Nachdem sie mir eine oder zwei Lügen aufgetischt hatte, war sie ganz scharf darauf, mich loszuwerden. Vermutlich um die Lage zu peilen. Von Amery Lamb wußte ich, daß sie den Diebstahl nie angezeigt hatte. Hatte sie jetzt vor, ihn anzurufen, um sich mit ihm abzusprechen?

»Ich hätte mir die Sammlung Ihres Mannes noch gern angesehen. Geht das?« Ich stand auf.

»Warum nicht?« Jackie führte mich in ein kleines holzgetäfeltes Arbeitszimmer und stieg dabei über den Koffer neben der Tür.

Dort standen in einem Waffenschrank mit Glasfront sechs Schrotflinten. Jede reichverziert, das Schaftholz fein gemasert. Bei diesem Anblick war mir unverständlich, wie man die wertvolle Parker von den anderen Flinten unterscheiden konnte. Der Schrank und die einzelnen Gewehrständer waren abgeschlossen. Alle Fächer waren belegt. »Hat Ihr Mann die Parker hier in einem der Fächer aufbewahrt?«

Sie schüttelte den Kopf. »Die Parker hatte ein eigenes Etui.« Damit holte sie einen wunderschön gearbeiteten Lederkasten hinter der Couch hervor und schlug ihn auf. Sie tat das, als vollführte sie eine Art Zaubertrick. Bis auf einen Wechsellauf war der Kasten leer.

Ich sah mich um. In einer Zimmerecke stand eine weitere Flinte. Ich griff danach und las den Hersteller auf der Schäftung: A. H. Fox. Schade. Einen Augenblick lang hatte ich gedacht, ich hätte die verschwundene Parker entdeckt. Ich bin immer für das Nächstliegende. Enttäuscht stellte ich die Fox wieder zurück.

»Tja, das wär's dann wohl«, bemerkte ich. »Vielen Dank für den Kaffee.«

»Keine Ursache. Ich hätte Ihnen gern weitergeholfen.« Sie drängte mich sanft zur Tür.

Ich streckte die Hand aus. »War nett, Sie kennenzulernen. Und nochmals danke.«

Sie schüttelte mir hastig die Hand. »Schon gut. Tut mir leid, daß ich nicht mehr Zeit habe. Aber Sie wissen ja, wie das mit Kranken ist ...«

Ehe ich mich versah, fiel die Haustür hinter mir zu. Ich ging auf meinen Wagen zu. Was hatte Jackie Barnett vor?

Ich hatte gerade die Auffahrt erreicht, als ein weißer Corvette die Straße entlang geröhrt kam und mit quietschenden Reifen vor der Einfahrt abbremste. Der Teenie hinter dem Steuer schaltete mit einer lässigen Bewegung die Zündung aus und zog sich am Überrollbügel auf die Rückenlehne hoch. »Tag. Ist meine Mutter da?«

»Wer? Jackie? Klar«, antwortete ich und schaltete blitzschnell. »Sie müssen Doug sein.«

Er schien perplex. »Nein, Eric. Kennen wir uns?«

Ich schüttelte den Kopf. »Ich bin eine Bekannte... auf der Durchreise.«

Er sprang aus dem Sportwagen. Ich öffnete meinen VW und beobachtete ihn dabei unauffällig. Er sah aus wie siebzehn: blond, blauäugig, mit hohen Backenknochen, einem sinnlichen Mund und dem schlanken, muskulösen Körper des Surfers. Ich stellte mir unwillkürlich vor, wie er in einigen Jahren aussehen mochte, wenn er in Hotels an der Küste auf Frauen Jagd machte, die dreimal so alt waren wie er. Es würde ihm gutgehen, und den Frauen auch.

Jackie hatte den Corvette offenbar gehört, denn sie kam Eric auf der Veranda entgegen. Mit einem bedeutungsvollen Blick in meine Richtung schnitt sie ihm das Wort ab. Arm in Arm verschwanden sie im Haus. Ich sah zu dem alten Mann im Rollstuhl hinüber. Er gab wieder jene seltsamen Laute von sich und zupfte mit seinen gesunden Fingern sinnlos an seiner gelähmten Hand. Die Erkenntnis traf mich wie ein Keulenschlag. Ich begann die Zusammenhänge zu begreifen.

Ich fuhr zwei Straßen weiter zu Lisa Osterling. Sie lag im Garten hinter dem Haus im Liegestuhl. Im Badeanzug sah ihr praller Bauch wie eine Wassermelone in einem Wäschesack aus. Gesicht und Arme waren gerötet, ihre braunen Beine glänzten ölig. Als ich über den Rasen auf sie zukam, hob sie die Hand schützend gegen die Wintersonne über die Augen. »So schnell hatte ich nicht mit Ihnen gerechnet.«

»Ich möchte Sie was fragen«, begann ich. »Und dann muß ich telefonieren. Kannte Rudd einen Teenager namens Eric Barnett?«

»Da bin ich nicht sicher. Wie sieht er aus?«

Ich beschrieb Eric und erwähnte den Corvette. Ihr Mienenspiel verriet, daß sie sofort Bescheid wußte. Sie richtete sich auf.

»Ach den meinen Sie? Natürlich kenne ich den. Er ist zwei-, dreimal in der Woche hier gewesen. Rudd sagte, er wohne in der Nähe und würde sich Werkzeug für sein Motorrad ausleihen. Ist *er* derjenige, der Rudd Geld geschuldet hat?«

»Hm... Ich weiß zwar nicht, wie wir's beweisen sollen, aber ich habe den Verdacht, daß er's ist.«

»Glauben Sie, er hat ihn umgebracht?«

»Die Frage kann ich noch nicht beantworten, aber ich arbeite dran. Ist das Telefon dort drin?« Ich ging zur Küchentür. Lisa Osterling stemmte sich aus dem Liegestuhl hoch und folgte mir ins Haus. Neben der Hintertür hing ein Wandtelefon. Ich klemmte den Hörer zwischen Schulter und Ohr und zog das Waffengutachten aus der Tasche. Dann wählte ich die Nummer von Averys Waffengeschäft. Das Rufzeichen ertönte zweimal.

Jemand hob ab. »Lambs Waffengeschäft«, meldete sich eine Stimme.

»Mr. Lamb?«

»Hier spricht Orville Lamb. Wollten Sie mich oder meinen Bruder sprechen?«

»Eigentlich Avery. Ich habe eine Frage an ihn.«

»Er ist gerade nicht da, und ich weiß nicht, wann er zurückkommt. Kann ich irgendwie behilflich sein?«

»Vielleicht«, erwiderte ich. »Nehmen wir an, Sie besäßen eine Schrotflinte von unschätzbarem Wert... sagen wir eine Ithaca oder eine Parker, also eine der klassischen Jagdwaffen. Würden Sie mit einer solchen Flinte auch wirklich schießen?«

»Möglich wäre es natürlich«, antwortete Lamb skeptisch. »Aber es wäre kaum ratsam. Besonders dann nicht, wenn die Flinte praktisch neuwertig wäre. Man würde eine Wertminderung riskieren. Aber wenn sie kürzlich noch in Gebrauch gewesen ist, würde es vermutlich nicht viel ausmachen. Trotzdem würde ich's nicht empfehlen. Handelt es sich um Ihre Waffe?«

Ich legte einfach auf. Lisa stand hinter mir. Sie sah mich ängstlich an. »Ich muß gleich wieder gehen«, erklärte ich. »Trotzdem sollen Sie wissen, wie ich die Sache sehe. Eric Barnetts Stiefvater besitzt eine Sammlung Schrotflinten. Eine davon, so stellte sich heraus, ist sehr wertvoll. Der alte Mann kam ins Krankenhaus, und Erics Mutter hat eine der Flinten entwendet, um sich mal was zu gönnen, bevor das ganze Geld für Arztrechnungen draufgehen würde. Sie hatte allerdings keine Ahnung, daß die Flinte, die sie sich ausgesucht hatte, so wertvoll war. Der Waffenhändler hat das Stück sofort als Fund seines Lebens erkannt. Ich weiß nicht, ob er ihr das auch gesagt hat, aber als ihr klarwurde, daß die Waffe wertvoller sein mußte, als sie gedacht hatte, hat sie es mit der Angst zu tun bekommen und die Flinte zurückgestellt.«

»War das die Waffe, die Rudd als Tauschware angenommen hatte?«

»Ja, genau die. Ich schätze, daß die Mutter ihrem Sohn davon erzählt hat. Und Eric sah eine Chance, seine Drogenschulden zu begleichen. Er hat Rudd die Flinte angeboten. Rudd beschloß, die Waffe schätzen zu lassen, und brachte sie zu demselben Waffenhändler wie schon Erics Mutter. Der Waffenhändler hat sie sofort wiedererkannt.«

Sie sah mich starr an. »Rudd ist wegen dieser Flinte erschossen worden, stimmt's?«

»Ja, das glaube ich. Möglicherweise war's ein Unfall. Vielleicht kam es zum Kampf, und das Ding ging von selbst los.«

Die junge Witwe schloß die Augen und nickte. »In Ordnung. O Mann! Jetzt geht's mir besser. Damit kann ich leben.« Sie schlug die Augen auf und lächelte gequält. »Und was jetzt?«

»Ich muß noch eine Sache überprüfen. Dann, schätze ich, wissen wir, was Sache ist.«

Sie drückte meinen Arm. »Danke.«

»Noch ist es nicht vorbei. Aber wir schaffen es.«

Als ich zu Jackie Barnett zurückkehrte, stand der weiße Corvette noch in der Einfahrt. Der alte Mann im Rollstuhl allerdings war offenbar ins Haus gebracht worden. Auf mein Klopfen öffnete Eric nach einer Weile die Tür. Seine Miene veränderte sich kaum, als er mich erkannte.

»Hallo. Da bin ich wieder. Kann ich mal mit Ihrer Mutter sprechen?«

»Nein, eigentlich nicht. Sie ist nicht da.«

»Ist sie mit Avery weggefahren?«

»Mit wem?«

Ich lächelte flüchtig. »Sparen Sie sich das Theater, Eric. Ich habe den Koffer im Flur gesehen, als ich vorhin hier war. Sind sie durchgebrannt, oder machen sie nur eine Spritztour?«

»Sie wollen am Wochenende wieder da sein«, murmelte er. Der Junge war längst nicht so gerissen, wie er aussah. Es tat mir schon beinahe leid.

»Kann ich mal mit Ihrem Stiefvater sprechen?«

Er wurde rot. »Mutter möchte nicht, daß er sich aufregt.«

»Ich rege ihn nicht auf.«

Eric wußte nicht recht, wie er sich verhalten sollte.

Ich beschloß, ein bißchen nachzuhelfen. »Darf ich mal

einen Vorschlag machen? Nach kalifornischem Strafrecht gilt es als schwerer Diebstahl, wenn der Wert der entwendeten Sache zweihundert Dollar übersteigt. Das gilt auch für Hühner, Gänse, Enten, Avokados, Oliven, Zitrusfrüchte, Nüsse und Artischocken; ebenso für Schrotflinten; und es wird mit Gefängnis bis zu einem Jahr bestraft. Ich kann mir nicht vorstellen, daß Sie darauf scharf sind.«

Er trat prompt von der Tür zurück und ließ mich ein.

Der alte Mann saß zusammengesunken in seinem Rollstuhl im Arbeitszimmer. Seine rotumränderten Augen blickten in meine Richtung, aber es gab kein Anzeichen, daß er mich wiedererkannte. Vielleicht war es auch nur mangelndes Interesse. Ich kauerte neben dem Rollstuhl nieder. »Wie steht's mit Ihrem Gehör? Alles noch in Ordnung?«

Der Alte begann ziellos mit seiner gesunden Hand an seinem gelähmten Bein herumzuzupfen. Er sah weg. Denselben Ausdruck hatte ich schon bei Hunden erlebt, die eine Pfütze auf den Teppich gemacht hatten und wußten, daß man hinter dem Rücken eine zusammengerollte Zeitung hält.

»Ich würde Ihnen gern meine Version der Geschichte erzählen«, fuhr ich fort. Die Kunstpause hätte ich mir sparen können. Seine mögliche Antwort hätte ich sowieso nicht verstanden. »Als Sie zum zweitenmal aus dem Krankenhaus entlassen wurden, stellten Sie fest, daß die Flinte weg war. Sie müssen sofort vermutet haben, daß Eric die Waffe entwendet hatte. Wahrscheinlich hatte er vorher auch schon geklaut. Kokain ist teuer. Und vermutlich haben Sie ihn so lange in die Zange genommen, bis er Ihnen verraten hat, wo die Flinte war. Dann sind Sie zu Rudd gegangen, um sich die Waffe zurückzuholen. Vielleicht hatten Sie die A. H. Fox gleich mitgenommen, vielleicht haben Sie sie auch erst geholt, nachdem Rudd die

Parker nicht herausrücken wollte. Egal. Sie jedenfalls haben ihm die tödliche Schrotladung verpaßt und sind dann durch die Gärten nach Hause zurückgelaufen. Danach hatten Sie den nächsten Schlaganfall.«

Mein Blick fiel plötzlich auf Eric, der im Türrahmen stand. »Möchten Sie dazu was sagen?«

»Hat *er* Rudd umgebracht?«

»Ich glaube schon«, antwortete ich und sah den alten Mann an.

Seine Miene drückte eine eigensinnige Gerissenheit aus. Was sollte ich mit ihm machen? Ich mußte mit Lieutenant Dolan sprechen, aber die Polizei würde vermutlich nie Beweise finden. Und wenn doch, wie sollten sie ihn zur Rechenschaft ziehen? Selbst im günstigsten Fall würde er kaum dieses Jahr überleben.

»Rudd war ein prima Kerl«, sagte Eric.

»Mann, Eric! Ihr müßt doch alle geahnt haben, was passiert war!« fuhr ich ihn an.

Er hatte so viel Anstand, rot zu werden. Dann ging er hinaus. Ich stand auf. Zu meiner Entschuldigung muß ich gestehen, daß es mir einfach nicht gelang, irgendwelche Haßgefühle gegen diesen mitleiderregenden Überrest eines menschlichen Wesens im Rollstuhl zu entwickeln. Ich ging zum Waffenschrank.

Die Parker-Schrotflinte stand im dritten Ständer von rechts und sah genauso aus wie die anderen Schrotgewehre. Der alte Mann würde sterben, und Jackie würde seine Sammlung zusammen mit seinem übrigen Vermögen erben. Dann würde sie Avery heiraten, und die beiden hätten endlich, was sie wollten. Einen Moment stand ich vor der Glastür, dann begann ich die Schreibtischschubladen zu durchsuchen, bis ich den Schlüssel gefunden hatte. Ich schloß den Schrank und dann die Ständer auf. Ich tauschte die Parker gegen die A. H. Fox aus und machte alles sorgfältig wieder zu. Der alte Mann wimmerte, doch er sah mich kein einziges Mal an, und Eric war nirgends zu entdecken, als ich das Haus verließ.

Ich warf einen letzten Blick auf die Parker-Flinte, als Lisa Osterling sie etwas ungeschickt an ihre füllige Taille drückte. Natürlich würde ich Lieutenant Dolan informieren, doch ich hatte nicht die Absicht, ihm alles zu erzählen. Gelegentlich widerfährt jemandem Gerechtigkeit auf andere Art und Weise.

Gras aus Non Sung

Der Tag war ungewöhnlich: wolkenverhangen und kalt. Sonnenschein und ein böiger Wind, der als Vorhut eines tropischen Wirbelsturms über Kalifornien zog, wechselten in rascher Folge. Es war Ende September in Santa Teresa. Statt des üblichen schönen Altweibersommers erlebten wir bereits einen Vorgeschmack auf den bevorstehenden langen grauen Winter. Ich kramte unwillkürlich dicke Pullover aus der untersten Schublade und fuhr in einer Dunstwolke aus Mottenkugeln und Parfüm vom Vorjahr ins Büro.

Den Vormittag verbrachte ich mit Papierkram am Schreibtisch, eine Beschäftigung, die ich als äußerst unproduktiv empfinde. Es war das Ende einer ereignislosen Woche, und ich war so gelangweilt, daß ich jede Gelegenheit wahrgenommen hätte, dem Schreibtisch zu entfliehen. Kurz vor zwölf Uhr mittags ertönte ein schüchternes Klopfen an meiner Tür, und eine junge Frau betrat mein Büro. Sie war höchstens zweiundzwanzig, mit sinnlichen, leicht ordinären Zügen, und schien nach durchfeierter Nacht noch nicht wieder zu Hause gewesen zu sein. Wie sonst war zu erklären, daß sie ein tiefdekolletiertes Flitterkleid trug? Es sei denn, sie bevorzugte diesen Aufzug auch tagsüber. Die Schuhe mit den hohen, spitzen Absätzen waren in passendem Grün gefärbt. Die Beine waren nackt. Unsicher wie eine Anfängerin auf Rollschuhen stakste sie zu meinem Schreibtisch.

»Hallo! Einen schönen guten Tag. Setzen Sie sich doch«, lud ich sie ein.

Sie sank auf einen Stuhl. »Danke. Mona Starling ist mein Name. Schätze, Sie sind Kinsey Millhone?«

»Volltreffer.«

»Und Sie sind wirklich Privatdetektivin?«

»Mit Stempel und allem Pipapo«, antwortete ich.

»Unverheiratet?«

Ich nickte und zuckte mit den Schultern in der Hoffnung, das würde als Erklärung für die zwei Scheidungen und meinen gegenwärtig glücklichen Status als Single genügen.

»Bestens«, sagte sie. »Dann können Sie mich verstehen. Mann, ich fasse es selbst nicht, daß ich jetzt hier sitze. Noch nie hab' ich einen Privatdetektiv engagiert. Aber was soll ich sonst machen?«

»Worum geht's denn?«

Sie lief rot an, vielleicht aus Nervosität oder Verlegenheit. Jedenfalls belebte die Färbung ihre grünen Augen ungemein. Sie rutschte unruhig hin und her, und der Goldflitter an ihrem Kleid blinkte. Sie wirkte plötzlich sehr jung, kaum alt genug, um einen Führerschein zu besitzen.

»Vielleicht finden Sie's idiotisch, aber... Also gestern abend habe ich diesen Typ kennengelernt, und es hat gefunkt! O Mann! Wie das gefunkt hat! Er hat gesagt, daß er Gage heißt. Ob das stimmt, weiß ich nicht. Manchmal erfinden die Kerle einfach einen Namen, wenn sie verheiratet sind... oder nicht wissen, ob sie einen wiedersehen wollen. Jedenfalls ist die Post abgegangen. Danach ist er verduftet. Wieviel würd's kosten, wenn Sie für mich rausfinden, wo ich ihn erreichen kann?«

»Woher wissen Sie, daß er darauf Wert legt?«

»Wär' doch möglich, oder? Ich gebe ihm natürlich noch ein paar Tage Zeit. Seinen Namen und seine Adresse brauche ich nur für alle Fälle.«

»Vermutlich auch seine Telefonnummer, oder?«

Sie lachte unsicher. »Also... ja, natürlich.«

»Und was ist, wenn er die Bekanntschaft nicht erneuern will?«

»Dann würde ich ihn in Ruhe lassen. Ich weiß, es sieht aus, als wollte ich mich an ihn ranschmeißen. Aber das ist

Quatsch. Er soll nur nicht glauben, daß mir das alles nichts bedeutet hat.«

»Ich nehme an, die Begegnung war ... intim?«

»Kann man sagen. Wir haben gebumst ... und es war super. Ich möchte ihn wiedersehen.«

Widerwillig griff ich nach Block und Bleistift und machte eine Notiz. »Und wo haben Sie den Mann kennengelernt?«

»Im ›Mooter‹. Hatte den Anschein, als sei das seine Stammkneipe. Die Musik war so laut, daß wir uns anbrüllen mußten. Deshalb sind wir nach 'ner Weile in die Bar nebenan. Dort war's wenigstens ruhig. Wir haben stundenlang geredet. Ich weiß, was Sie sagen wollen. Warum lassen Sie nicht die Finger davon, oder so, stimmt's? Aber ich hab's mir nun mal in den Kopf gesetzt.«

»Warum gehen Sie nicht ins ›Mooter‹ und fragen dort nach?«

»Das kann ich nicht. Ich habe einen Freund. Und der ist verdammt eifersüchtig. Er würd's rauskriegen. Ich darf einen anderen nicht mal ansehen. Manchmal ist er mir geradezu unheimlich.«

»Und wie haben Sie's dann vergangene Nacht geschafft?«

»Er hat gearbeitet. Ich war allein«, antwortete sie. »Sie helfen mir doch, ja? Bitte! Ich bin die ganze Nacht rumgefahren und hab' nach seinem Wagen gesucht. Er muß irgendwo in Montebello wohnen. Da bin ich sicher.«

»Wahrscheinlich finde ich ihn, Mona. Aber ich bin nicht billig.«

»Spielt keine Rolle. Ich habe Geld. Sagen Sie mir nur, wieviel?«

Nach kurzem inneren Kampf verlangte ich fünfzig Dollar von ihr. Ich hatte nicht das Herz, das übliche Honorar zu berechnen. Eigentlich war das auch kein Auftrag für mich, aber es war besser, als am Schreibtisch stupide Büroarbeit zu machen. Mona legte einen Fünfzigdollarschein auf den Tisch. Ich schrieb eine Quittung aus. Meinen üblichen Standard-Vertrag ließ ich in der Schublade. In Anbetracht ihrer Jugend konnte ich nicht einmal sicher sein, daß er überhaupt rechtskräftig war.

Ich notierte mir ihre Beschreibung des Mannes Gage. Was dabei herauskam, hätte auf jeden Anmacher der Stadt gepaßt: Anfang Dreißig, einen Meter achtzig groß, dunkles Haar, Schnurrbart, strahlendes Lächeln, Grübchen am Kinn. Mehr war nicht. Wenn man die angeblich intensiven stundenlangen Gespräche der beiden bedachte, wußte Mona eigentlich herzlich wenig von ihrem Traummann. Ich fragte sie eindringlich nach Freizeitaktivitäten, Interessen und Beruf aus. Die einzig brauchbare Information, die ich aus ihr herausbekommen konnte, war die, daß er einen alten silbergrauen Jaguar fuhr. Und in dem hatten sie auch ›die Nummer abgezogen‹, wie sie es nannte. Danach mußte Gage sich wahrhaftig in Luft aufgelöst haben. Muß Liebe schön sein! Ich wagte ihr nicht zu sagen, daß es immer dieselbe alte Geschichte war. In Santa Teresa sind akzeptable Männer so knapp, daß sie praktisch machen können, was sie wollen. Ich notierte mir Monas Adresse und Telefonnummer und versprach, mich zu melden. Als sie gegangen war, griff ich mir Handtasche und Autoschlüssel. Ich hatte einiges privat zu erledigen, und anschließend wollte ich mich um Monas Anliegen kümmern.

Das ›Mooter‹ ist einer der Single-Treffs von Santa Teresa. Abends herrscht dort qualvolles Gedränge, und es ist unbeschreiblich laut. Zur ›Blauen Stunde‹ werden Drinks für fünfzig Cents ausgeschenkt, und bei jedem Fünf-Dollar-Trinkgeld läutet eine Glocke. Die Tische sind klein und stehen dichtgedrängt um eine Tanzfläche von der Größe eines Boxrings. An den Wänden hängen die Karikaturen von Berühmtheiten. Diese Dekoration muß von einem anderen Etablissement gekauft worden sein, denn sie sind mit Widmungen an einen gewissen ›Stan‹ versehen, und von dem hat hier noch niemand was gehört. Einer meiner Exmänner hat im ›Mooter‹ als Jazz-Pianist gearbeitet, aber das ist Jahre her.

Ich kam um zwei Uhr nachmittags, als der Laden gerade geöffnet wurde. Zwei Männer, dem Aussehen nach Gewohnheitstrinker, drängten vor mir hinein und nahmen sofort zwei Hocker am Ende der Bar in Beschlag, offenbar ihre Stammplätze. Sie tauschten Belanglosigkeiten aus, die auf täglichen Kontakt ohne Tiefgang schließen ließen. Der Mann, der uns hereingelassen hatte, fungierte offenbar in der Doppelrolle von Barkeeper und Rausschmeißer. Er war Anfang Dreißig, hatte blondgelocktes Haar und trug ein T-Shirt mit dem Wort ›RAUSSCHMEISSER‹ über der imposanten Brust. Seine Arme waren so dick, daß ich fürchtete, sein Hemd müßte aus allen Nähten platzen, wenn er nur die Muskeln spielen ließ.

Ich schwang mich auf einen Hocker am entgegengesetzten Ende der Bar und wartete, während der Barkeeper für die beiden anderen Gäste zwei Martinis mixte. Kurz darauf erschien eine Kellnerin zur Arbeit und zog auf dem Weg zum Bar-Küchentrakt den Mantel aus.

Dann kam der Barkeeper mit fragendem Blick auf mich zu.

»Geben Sie mir eine Wein-Schorle«, bat ich.

Ein hagerer Typ mit einem Gitarrenkasten in der Hand betrat hinter mir das Lokal. Als der Barkeeper ihn sah, grinste er. »Heh, was macht die Kunst? Wie geht's Fresno?«

Sie schüttelten sich die Hände, und der Typ nahm zwei Hocker neben mir Platz. »War 'ne heiße Sache. Mit Einschränkungen. Aber Mary Jane war in Ordnung. Wir haben wirklich voll aufgedreht.

»Einen Smirnoff on the Rocks?«

»Ne, nicht heute. Gib mir ein Bier.«

Der Barkeeper zapfte ein Bier und stellte Wein-Schorle und Bier gleichzeitig vor uns auf die Theke. Ich überlegte, was das für ein Leben sein müßte, den ganzen Tag in Saloons herumzulungern, Bier zu trinken und Sprüche mit Langweilern und Idioten zu klopfen. Die Kellnerin kam aus der Küche und band sich ihre Schürze um. Dann nahm sie die Bestellungen der beiden Männer am anderen Ende der Theke auf. Sie wollten Sandwichs. Der Typ mit der Gitarre und ich lehnten ab, etwas zu essen. Danach machte sie sich an Servietten und Besteck zu schaffen.

Der Barkeeper fing meinen Blick auf. »Soll ich Musik anmachen?«

Ich schüttelte den Kopf. »Danke bestens«, sagte ich. »Ich suche einen Kerl, der gestern abend hier war.«

»Sie sind gut. Gestern ging's hier zu wie im Irrenhaus.«

»Offenbar ist er ein Stammgast. Soll ich ihn mal beschreiben?«

»Was hat er denn ausgefressen?«

»Gar nichts. Soviel man mir erzählt hat, hat er hier eine junge Dame aufgegabelt und sie dann sitzenlassen. Sie möchte sich bei ihm melden. Das ist alles.«

Er blieb vor mir stehen und sah mich an. »Sie sind Privatdetektivin.«

»Richtig.«

Der Barkeeper und der andere Gast wechselten einen Blick.

»Der Notdienst für Frauen, was?« bemerkte der Typ mit der Gitarre. »Ist ja großartig.«

Der Barkeeper zuckte mit den Schultern. »Warum nicht? Wie hat er denn ausgesehen?«

Die Kellnerin hielt ebenfalls in ihrer Arbeit inne und hörte interessiert zu.

Ich erwähnte den Vornamen und wiederholte die Beschreibung, die Mona mir gegeben hatte. »Sonst weiß ich nur, daß er einen alten silbergrauen Jaguar fährt.«

»Gage Vesca«, sagte der andere Gast prompt.

»Ja, das muß er sein«, bestätigte der Barkeeper.

»Wissen Sie, wie ich ihn erreichen kann?«

Der Typ mit der Gitarre schüttelte den Kopf, und der Barkeeper zuckte mit den Schultern. »Ich weiß nur, daß er ein Idiot ist. Der Kerl hat jedenfalls 'ne Menge Geld für sein Autokennzeichen rausgeworfen: ›SEX‹ lautet die Buchstabenkombination, falls Ihnen das was nützt. Im übrigen hat er vor zwei Monaten geheiratet. Der Junge ist ein übler Kandidat. Sie sollten Ihre Klientin lieber warnen. Der bumst alles, was sich bewegt.«

»Ich werd's weitersagen, danke.« Damit warf ich einen Fünfdollarschein auf die Theke und sprang vom Hocker. Die Wein-Schorle ließ ich unberührt.

»Moment. Und wer war die Lady?«

»Das darf ich Ihnen nicht sagen«, antwortete ich und griff nach meiner Handtasche.

»Ich weiß, wer das war«, meldete sich die Kellnerin zu Wort. »Das Mädchen in dem grünen Flitterfummel.«

Ich fuhr zu meinem Büro zurück und nahm mir das Telefonbuch vor. Den Namen Vesca gab es dort gar nicht. Auch der Anruf bei der Auskunft brachte nichts. Schließlich rief ich einen Freund bei der Kraftfahrzeugmeldestelle an. Der gab das Autokennzeichen in den Computer ein, und der wiederum spukte den Namen Gage Vesca mit einer Adresse in Montebello aus. Daraufhin fand ich anhand der Adresse auch die Telefonnummer heraus und wählte, um sicherzugehen. Als sich eine weibliche Stimme mit ›Residenz Vesca‹ meldete, legte ich auf.

Ich rief Mona Starling an und gab sämtliche Informationen an sie weiter, einschließlich der Warnung, daß der Mann verheiratet war und einen miserablen Ruf hatte. Das schien sie nicht zu stören. Wenn sie trotzdem weiter hinter dem Mann her war, sagte ich mir, war das ihre Sache…

und seine. Bevor sie auflegte, dankte sie mir überschwenglich, und die Erleichterung in ihrer Stimme war nicht zu überhören.

Das war am Samstag.

Am Montagmorgen machte ich die Haustür auf, hob die Zeitung auf, und mein Blick fiel auf die Schlagzeile über Vescas Tod.

»Schei…«

Vesca war am Sonntagmorgen zwischen zwei und sechs Uhr aus nächster Nähe erschossen worden. Anschließend hatte man die Leiche in den Kofferraum seines Jaguars gepackt und diesen auf dem Platz für Dauerparker am Flughafen abgestellt. Vermutlich hatte jemand gehofft, der Tote würde tagelang nicht gefunden werden. Zeit genug, um sich vermutlich ein Alibi zu verschaffen oder unauffällig zu verschwinden. Doch es kam anders. Der Kofferraumdeckel war aufgesprungen, und ein Passant hatte die Leiche entdeckt. Meine Hände begannen zu zittern.

Ich wählte Mona Starlings Telefonnummer. Die Leitung war besetzt. Schließlich zog ich mich hastig an, schnappte mir die Autoschlüssel und raste zu der Adresse in der Frontage Road, die sie mir gegeben hatte. Als ich dort meinen VW mit quietschenden Bremsen zum Stehen brachte, fuhr gerade ein gelbes Taxi ab, in dem nur ein Fahrgast saß. Ich suchte nach der Hausnummer. Es war ein Doppelhaus. Die Chancen standen fünfzig zu fünfzig, daß es Mona war, die gerade die Fliege gemacht hatte. Sie mußte schließlich ungefähr zum selben Zeitpunkt wie ich die Schlagzeilen gelesen haben.

Ich gab erneut Gas und hielt krampfhaft nach dem gelben Taxi Ausschau. Hinter der nächsten Kreuzung kam die Auffahrt zur Schnellstraße. Aus den Augenwinkeln sah ich etwas Gelbes aufblitzen und raste hinterher. Mit durchgedrücktem Gaspedal und ständigem Wechseln der Spur gelang es mir schließlich, zum Taxi in dem Augenblick aufzuschließen, als dieses in die Ausfahrt zum Flughafen einbog. Als das Taxi Mona vor dem Haupteingang absetzte, raste ich auf den Parkplatz für Kurzparker, die Parkkarte zwischen den Zähnen. Ich stopfte sie in meine Handtasche und rannte los.

Der Flughafen von Santa Barbara hat nur fünf Flugsteige, so daß es nicht schwierig war, herauszufinden, welchen Flug Mona gebucht hatte. Über den Lautsprecher kam der letzte Aufruf für die Passagiere des United-Airways-Flugs nach San Francisco. Ich drückte einer verdutzten Fluglinienangestellten die fünfzig Dollar von Mona für ein Ticket und die Bordkarte in die Hand und lief zur Sicherheitskontrolle. Ich hatte weder Gepäck noch sonst etwas bei mir, das den Metalldetektor hätte auslösen können. Ich zückte mein Ticket, stieß die Flügeltür auf, sprintete über das Flugfeld zur Maschine und nahm auf der Gangway zwei Stufen auf einmal. Die Stewardeß machte direkt hinter mir die Passagiertür zu. Ich hatte es geschafft.

Mona entdeckte ich in der achten Reihe hinten auf einem Fensterplatz. Sie hatte das Gesicht abgewandt. Diesmal trug sie Jeans und eine weite Bluse. Der Sitz am Gang war besetzt, doch der Mittelplatz schien frei zu sein. Die Maschine stand noch auf dem Flugfeld. Die Turbinen heulten, als ich, Entschuldigungen stammelnd, an die Knie eines Mannes rempelte und schließlich auf den Sitz neben Miß Starling sank. Sie wandte mir ein bleiches Gesicht zu und stieß prompt einen unterdrückten Schrei aus. »Was machen Sie denn hier?«

»Dreimal dürfen Sie raten.«

»Ich war's nicht«, flüsterte sie heiser.

»Ja, ja. Natürlich nicht. Deshalb sitzen Sie ja auch prompt im Flugzeug, kaum daß die Geschichte aufgeflogen ist.«

»So ist das nicht!«

»Wie denn dann?«

Der Mann zu meiner Linken beugte sich vor und sah mich interessiert an.

»Der Typ, der sie Freitag abend angemacht hat, hat sich erschießen lassen«, klärte ich ihn höflich auf und hob zur Verdeutlichung den Zeigefinger an die Schläfe. Daraufhin beschloß er offenbar, sich wieder um seine Angelegenheiten zu kümmern, was mir nur recht war. Mona stand auf und versuchte, sich an mir vorbeizudrängeln. Ich brauchte nur die Knie vorzustrecken, und sie saß in der Falle. Andere Passagiere wurden bereits auf uns aufmerksam. Mona sah sich einen Moment prüfend um, rollte mit den Augen und setzte sich wieder. »Steigen wir aus«, schlug sie vor. »Dann erkläre ich Ihnen alles. Aber bitte machen Sie jetzt keine Szene!« Ihre Backen glühten.

»Oh, ich möchte Sie um keinen Preis in Verlegenheit bringen«, bemerkte ich. »Ein Mann ist ermordet worden. Darüber möchte ich mit Ihnen sprechen. Weiter nichts.«

»Ich weiß, daß er tot ist!« zischte sie. »Aber ich bin unschuldig. Das kann ich beschwören.«

Wir standen gemeinsam auf, drängten uns rücksichtslos an den Knien des anderen Fluggastes vorbei und den Mittelgang entlang zum Ausstieg. Die Stewardeß war sauer, ließ uns jedoch aussteigen.

Wir gingen ins Flughafenrestaurant hinauf und setzten uns an einen kleinen Tisch in einer ruhigen Ecke. Als die Kellnerin kam, schüttelte ich den Kopf, doch Mona bestellte einen Pink Squirrel. Die Kellnerin hatte Bedenken bezüglich Monas Alter, ich hatte Bedenken bezüglich ihres Geschmacks. Ein Pink Squirrel? Mona hatte ihre Brieftasche gezückt, und die Bedienung prüfte ihren Führerschein. Nachdem sie überzeugt war, daß das Foto im Führerschein Mona zeigte, wollte sie das Dokument zurückgeben. Bevor Mona die Hand ausstrecken konnte, hatte ich es mir geschnappt. Mona war einen Monat zuvor einundzwanzig geworden. Die Adresse stimmte mit den Angaben überein, die sie mir gegenüber gemacht hatte. Als wir wieder allein waren, riß Mona mir die Brieftasche aus der Hand und stopfte sie in ihre Handtasche.

»Was sollte das denn?« fragte sie mürrisch.

»Nur zur Sicherheit. Erzählen Sie mir jetzt endlich, was passiert ist?«

Mona griff nach einem Zündholzheftchen der Flughafengesellschaft und spielte mit dem Deckel. »Ich hab' Sie angelogen.«

»Das überrascht mich nicht«, entgegnete ich. »Und was ist die Wahrheit?«

»Also ich hab' diesen Typ getroffen, aber nicht mit ihm geschlafen. Das habe ich nur behauptet, weil mir kein anderer Grund dafür eingefallen ist, daß ich seine Adresse haben wollte.«

»Und warum wollten Sie die wirklich?«

Sie blickte zur Seite. »Er hat etwas gestohlen, und ich mußte das wiederhaben.«

Ich starrte sie nachdenklich an. »Lassen Sie mich raten! Es muß was Illegales gewesen sein, sonst hätten Sie mir gleich reinen Wein eingeschenkt... oder wären zur Polizei gegangen. War's Hasch oder Koks?«

Monas Augen wurden groß. »Hasch. Woher wußten Sie das?«

»Erzählen Sie mir einfach den Rest«, erwiderte ich kopfschüttelnd. »Die Jugend hat was Herzerfrischendes! Ihr seid immer so schön erstaunt, daß wir alles wissen.«

Mona sah an mir vorbei.

Die Kellnerin näherte sich mit dem Tablett. Sie legte eine Papierserviette auf den Tisch und stellte Monas Cocktail darauf. »Macht drei Dollar fünfzig.«

Mona nahm einen Fünfdollarschein aus ihrem Geldscheinbündel und verzichtete auf das Wechselgeld. Dann trank sie einen Schluck von ihrem Pink Squirrel und erschauderte leicht. Das Gebräu hatte die Färbung von rosarotem Bubble-Gum, was auch mir einen Schauer über den Rücken jagte. Mona fuhr sich mit der Zunge über die Lippen. »Mein Freund hat eine Lieferung Hasch bester Qualität aufgetrieben. Marihuana aus Non Sung in Thailand.«

»Nie gehört«, sagte ich. »Aber ich bin kein Kenner der Materie.«

»Ich auch nicht, aber er hat zweitausend Dollar dafür berappt und bisher nur einen Joint davon geraucht. Der Typ, von dem wir's haben, hat gesagt, daß es verdammt stark sei, deshalb wollten wir's nicht jeden Tag rauchen. Nur zu besonderen Gelegenheiten.«

»Also der absolute Superstoff?«

»Der beste.«

»Und davon haben Sie Gage erzählt?«

»Ja«, antwortete sie zögernd. »Wir haben uns kennengelernt und sind ins Reden gekommen. Er hat gesagt, er müsse unbedingt Stoff auftreiben, und da habe ich davon angefangen. Aber ich wollte ihm unser Gras nicht verkaufen. Er sollte es nur versuchen, und falls er interessiert gewesen wäre, hätten wir ihm vielleicht was besorgen können. In meiner Wohnung bin ich auf den Lokus, während er sich einen Joint gedreht hat. Als ich wieder rauskam, war er fort... und mit ihm das Gras. Ich mußte mit dem Taxi zum ›Mooter‹ zurückfahren, um meinen Wagen zu holen. Ich hatte Panik. Ich wußte, daß Jerry durchdrehen würde, wenn das rauskam.«

»Ist Jerry Ihr Freund?«

»Ja«, murmelte sie und starrte auf ihre Hände. Tränen glitzerten zwischen ihren Wimpern.

»Und was weiter?« drängte ich schroff, um die Tränen zu stoppen. »Nachdem Sie von mir die Telefonnummer gekriegt hatten, haben Sie sich Gage vorgeknöpft, was?«

Mona nickte stumm und holte tief Luft. »Ich mußte warten, bis Jerry zur Arbeit gegangen war. Dann habe ich angerufen. Gage hat gesagt...«

»Moment! Er war am Telefon?«

»Nein, sie... seine Frau. Aber ich hab' natürlich gewartet, bis sie mich verbunden und aufgelegt hatte. Und danach bräuchte er auch nur mit Ja und Nein zu antworten. Ich hab' ihm gesagt, daß er den verdammten Stoff gestohlen hat und ich ihn wiederhaben will. Mann, hab' ich ihm die Hölle heiß gemacht! Jedenfalls war er bereit, sich mit mir nach Lokalschluß auf dem Parkplatz vom ›Mooter‹ zu treffen.«

»Samstag nacht?«

Sie nickte.

»Aha. Und weiter?«

»Nichts weiter«, seufzte sie. »Um Viertel nach zwei war er dort und hat mir den Stoff übergeben. Ich hab mir das Päckchen geschnappt und bin in meinen Wagen gesprungen. Ich hab' ihm nicht mal mehr gesagt, was ich von ihm halte. Und dann heute morgen die Schlagzeilen! Ich dachte, ich dreh' durch.«

»Wer sonst noch könnte von alledem was mitbekommen haben?«

»Na, niemand.«

»Was hat denn Ihr Freund dazu gesagt, daß Sie um Viertel nach zwei Uhr nachts mit dem Wagen fort sind?«

Mona schüttelte den Kopf. »Ich war doch wieder zu Hause, bevor er zurückkam.«

»Und er hat nicht gemerkt, daß der Stoff verschwunden war?«

»Nein. Bevor er auf die Idee kam, nachzusehen, lag das Zeug an seinem alten Platz. Er hat gar nichts gemerkt.«

»Und bei ›Mooter‹? War da sonst noch jemand auf dem Parkplatz?«

»Ich hab' jedenfalls niemanden gesehen.«

»Ist denn niemand mehr aus dem Lokal gekommen?«

»Nur der Geschäftsführer.«

»Und Mrs. Vesca? Könnte sie Gage gefolgt sein?«

»Ich hab' ihn gefragt, ob seine Frau unser Telefonge-
spräch mitgehört hat, und er hat nein gesagt. Aber natürlich hätte sie hinter ihm herfahren können. Ich weiß nicht,
was für einen Wagen sie fährt, vielleicht hat sie eine Straße
weiter geparkt.«

»Und warum glauben Sie, daß überhaupt irgend jemand
auf den Gedanken kommen könnte, Sie mit Vescas Tod in
Verbindung zu bringen? Weshalb die Flucht nach San
Francisco?«

Ihre Stimme wurde zu einem heiseren Flüstern: »Meine
Fingerabdrücke müssen doch in seinem Wagen sein. Ich
bin doch erst vor zwei Tagen mit ihm gefahren.«

Ich sah den Ausdruck in ihren Augen und ahnte Böses.
»Sie sind vorbestraft«, stellte ich schließlich fest.

»Wegen Kaufhausdiebstahl«, ergänzte sie. »Aber das
war das einzige Mal. Ehrlich.«

»Sie sollten zur Polizei gehen. Besser, Sie machen dort
reinen Tisch, bevor die Bullen von selbst auf Ihre Spur
kommen. Und das kann nicht mehr lange dauern.«

»Mein Gott, das überlebe ich nicht.«

»Reden Sie keinen Unsinn. Es erleichtert kolossal. Also
tun Sie, was ich Ihnen gesagt habe. Ich kümmere mich um
alles andere.«

»Wirklich?«

»Na, klar! Was denken Sie denn?« fuhr ich sie an. »Wenn
ich Ihnen die Adresse nicht besorgt hätte, würde Gage
nämlich noch leben. Was glauben Sie, was das für ein Gefühl ist?«

Ich folgte dem Hausmädchen durch die Villa der Vescas
zum Swimmingpool hinaus. Eines der Umkleidehäuschen
war dort zu einem privaten Fitneßraum umfunktioniert
worden. Auf dem mit Gummimatten bedeckten Fußboden

standen vier Gewichthebemaschinen. Der Raum war an drei Seiten verspiegelt, durch die Fenster fiel das Sonnenlicht herein. Katherine Vesca trainierte im pinkfarbenen Gymnastikanzug und silbernen Tights. Mir kam das wie eine unnötige Energieverschwendung vor, denn sie war dünn wie eine Schlange. Ihr aschblondes Haar hatte sie mit einem rosafarbenen Chiffontuch zurückgebunden, ihre grauen Augen blickten mir kühl entgegen. Während sie meine Visitenkarten betrachtete, tupfte sie sich den Schweiß vom Nacken. »Arbeiten Sie für die Polizei?«

»Nein. Ich hoffe trotzdem, daß Sie meine Fragen beantworten.«

»Warum sollte ich?«

»Ich versuche, den Mörder Ihres Mannes zu finden.«

»Und warum überlassen Sie das nicht der Polizei?«

»Weil ich Informationen habe, die die Polizei noch nicht hat. Und bevor ich die Fakten weitergebe, wollte ich sehen, was sich noch feststellen läßt.«

»Fakten?«

»Es geht um die letzten beiden Tage vor dem Tod Ihres Mannes.«

Mrs. Vesca schenkte mir ein frostiges Lächeln. Dann legte sie sich unter die Maschine für das Training der Beinmuskeln. Sie schob die Marke auf 90 Kilo und begann mit den Übungen. »Schießen Sie los«, sagte sie.

»Am Samstag hat Ihr Mann nach meinen Informationen einen Anruf erhalten«, begann ich.

»Das stimmt. Von einer Frau. Noch spät in der Nacht wollte er sich mit ihr treffen. Danach ist er nicht mehr zurückgekommen. Ich habe ihn nicht wiedergesehen.«

»Wissen Sie, worum's bei diesem Anruf ging?«

»Nein. Das hat er mir nicht erzählt.«

»Waren Sie nicht neugierig?«

»Als ich Gage geheiratet habe, habe ich versprochen, nie ›neugierig‹ zu sein.«

»Und er war bei Ihnen auch nie ›neugierig‹?«

»Wir haben eine liberale Ehe geführt. Auf seinen Wunsch, sollte ich vielleicht hinzufügen. Er konnte tun und lassen, was er wollte.«

»Und Sie hatten nichts dagegen?«

»Gelegentlich schon. Aber das waren seine Bedingungen, und ich hatte mich gefügt.«

»Wo hat er gearbeitet?«

»Er hat gar nicht gearbeitet. Wir haben beide nicht gearbeitet. Ich habe ein Unternehmen in der Stadt und beziehe daraus ein Einkommen... unter anderem.«

»Wissen Sie, ob er mit jemandem Streit hatte?«

»Wenn, dann hat er mir nie was davon gesagt«, antwortete sie. »Er war nicht gerade beliebt, aber Feinde hatte er auch nicht.«

»Haben Sie einen Verdacht, wer ihn getötet haben könnte?«

Nach zehn Übungen legte sie eine Pause ein. »Ich wollte, es wäre so.«

»Wann findet die Beerdigung statt?« wollte ich wissen.

»Morgen vormittag um zehn. Sie sind herzlich eingeladen. Vielleicht sind wir dann wenigstens zu zweit.«

Sie nannte mir den Friedhof.

»Noch was«, sagte ich abschließend. »In welcher Branche sind Sie tätig? Könnte das irgendwie von Bedeutung sein?«

»Kaum denkbar«, entgegnete sie. »Ich habe ein Lokal. Das ›Mooter‹. Es wird von meinem Bruder Jim geführt.«

Er stand hinter der Theke und spülte Biergläser, als ich das Lokal betrat. Rechts neben ihm stand bereits ein Turm noch dampfender sauberer Krüge. Er hatte ein T-Shirt an, unter dem sich sein muskulöser Oberkörper imposant abzeichnete. Auf der Brust stand der Slogan: ›Besser schlechter Sex als gute Arbeit.‹ Er sah auf und lächelte. »Hallo. Wie geht's?«

Ich schwang mich auf einen Barhocker. »Danke der Nachfrage«, erwiderte ich. »Sind Sie Jim?«

»So ist es. Und Sie sind doch die Privatdetektivin. Ihren Namen haben Sie, glaube ich, noch nicht erwähnt.«

»Kinsey Millhone. Ich nehme an, Sie wissen schon, daß Vesca tot ist?«

»Sicher. Armer Kerl. Da hat wohl jemand eine Rechnung beglichen. Hoffentlich nicht die Lady, die er neulich versetzt hat.«

»Möglich wär's.«

»Eine Schorle?«

»Gern«, antwortete ich. »Sie haben ein gutes Gedächtnis.«

»Nur für Getränke«, sagte er einschränkend. »Das ist mein Job.« Er goß Wein und Sodawasser in ein Glas und steckte eine Zitronenscheibe auf den Glasrand. »Mit einer Empfehlung des Hauses«, erklärte er und stellte das Glas vor mir auf den Tresen.

»Danke.« Ich trank einen Schluck »Weshalb haben Sie mir verschwiegen, daß Vesca Ihr Schwager war?«

»Wie haben Sie das denn rausgekriegt?«

»Ihre Schwester hat's erwähnt.«

Er zuckte mit den Schultern. »Schien mir nicht wichtig zu sein.«

Sein Verhalten verwirrte mich. Er tat überhaupt nicht so, als habe er etwas zu verbergen. »Haben Sie Gage Samstag gesehen?«

»Seinen Wagen hab' ich gesehen, bei Lokalschluß«, antwortete er. »Aber das war eigentlich schon Sonntag früh. Weshalb?«

»Er muß ungefähr zu diesem Zeitpunkt erschossen worden sein. In der Zeitung steht zwischen zwei und sechs Uhr morgens.«

»Kurz nach zwei Uhr habe ich den Laden dichtgemacht. Mein Freund hat mich direkt hier an der Tür abgeholt. Ab fünf nach halb drei habe ich in einem Privatclub Poker gespielt.«

»Haben Sie Zeugen?«

»Ungefähr fünfzig. Vermutlich hätte ich Gage vorher noch schnell erschießen können, aber weshalb? Er war mir zwar nicht gerade sympathisch... aber gleich erschießen? Meine Schwester war verrückt nach ihm. Weshalb hätte ich ihr das Herz brechen sollen?«

Gute Frage, dachte ich.

Ich kehrte ins Büro zurück, setzte mich in meinen Drehsessel und legte die Beine auf den Schreibtisch. Ich kam nicht davon los, daß Gages Tod irgend etwas mit dem Päckchen Marihuana zu tun haben mußte. Schließlich rief ich Katherine Vesca an. Das Hausmädchen meldete sich. Ich wartete, bis sie Katherine geholt hatte. »Ja, bitte?«

»Tag, Mrs. Vesca. Hier ist Kinsey Millhone.«

»Hallo. Was kann ich für Sie tun?«

»Etwas habe ich vergessen. Sagen Sie, hat Gage je von Gras aus Non Sung gesprochen?«

»Nein, ich glaube nicht. Was ist das?«

»Exzellentes Marihuana aus Thailand. Die Unze zu zweitausend Dollar. Offenbar hat er Freitag nacht das Zeug jemandem geklaut.«

»Also... Er hatte Marihuana, aber das muß eine andere Sorte gewesen sein. Er hat behauptet, die Qualität sei miserabel. Er war wütend, daß man es ihm angedreht hatte.«

»Ach, wirklich?« sagte ich mehr zu mir selbst.

Allmählich begann mir die Wahrheit zu dämmern.

Ich pochte an die Tür des Doppelhauses in der Frontage Road. Mona öffnete. Sie war überrascht, mich zu sehen.

»Sind Sie bei der Polizei gewesen?« fragte ich.

»Noch nicht. Ich wollte gerade los. Warum? Ist was passiert?«

»Ich glaube, wir haben uns irgendwie mißverstanden. Sie haben mir erzählt, daß Ihr Freund Jerry Freitag nacht gearbeitet hat, als Sie aus waren. Weshalb haben Sie sich überhaupt getraut, die ganze Nacht wegzubleiben?«

»Er war außerhalb«, erwiderte sie. »Und ist erst Samstag nachmittag gegen fünf zurückgekommen.«

»Könnte er nicht früher wieder in Santa Teresa gewesen sein?«

Sie zuckte mit den Schultern. »Schon möglich.«

»Und Samstag, als Sie Gage auf dem Parkplatz vom ›Mooter‹ getroffen haben? Hat er da auch gearbeitet?«

»Ja doch. Er hatte ein Engagement hier in der Stadt. Und ist gegen drei Uhr morgens nach Hause gekommen«, fügte sie verwirrt hinzu.

»Er ist Musiker, stimmt's?« fragte ich.

»Moment mal! Was soll das? Was hat das alles mit ihm zu tun?«

»Eine ganze Menge«, sagte eine Männerstimme hinter mir. Ein Arm legte sich von hinten um meinen Hals und drückte mir die Luft ab. Ich stellte mich auf Zehenspitzen, um den Druck auf meine Luftröhre abzumildern, aber viel mehr konnte ich nicht tun. Ich spürte einen harten Gegenstand zwischen meinen Rippen und war nicht so naiv, das für Jerrys Füllfederhalter zu halten. Mona war perplex.

»He, Jerry? Was zum Teufel soll der Quatsch?« schrie sie.

»Rein, du Flittchen. Los zurück! Laß uns rein!« zischte er zwischen zusammengepreßten Zähnen. Zappelnd hob und schob er mich über die Schwelle. Drinnen warf er mich auf die Couch und richtete die Waffe auf meine Stirn, genau zwischen die Augen. Ich war sanft wie ein Lamm.

Als ich schließlich sein Gesicht sah, wurde mein Verdacht zur Gewißheit. Jerry war der junge Mann mit der Gitarre, der bei meinem ersten Besuch im ›Mooter‹ neben mir gesessen hatte. Er war weder besonders groß noch besonders stark, aber er hatte mich überrumpelt. Außerdem schien er nervös zu sein und hatte einen leicht irren Ausdruck in den Augen. Die Waffe in seiner Hand beunruhigte mich, die Mündungsöffnung war auf mich gerichtet. Das Ding sah wie ein halbautomatischer Colt Kaliber 7,45 aus. Und diese Waffe mußte manuell entsichert werden. Wenn mich nicht alles täuschte, brauchte man dazu zwei Hände. Allerdings konnte ich mich nicht erinnern, gehört zu haben, daß er den Hahn gespannt hatte, bevor er den Colt in meinen Rücken drückte. Da lag natürlich die Frage nahe, ob er in seiner Hast und Eile vergessen haben konnte, die Waffe zu entsichern.

»Hallo, Jerry«, sagte ich. »Nett, Sie wiederzusehen. Warum erzählen Sie Mona nicht von Ihrem Rendezvous mit Gage?«

»Du hast Gage umgebracht?« keuchte Mona ungläubig.

»Ganz recht, Mona. Und dich bringe ich auch um, wenn ich mit der hier fertig bin.« Er ließ mich nicht aus den Augen.

»Aber warum denn? Was habe ich denn getan?«

»Komm mir bloß nicht damit!« schnaubte er. »Du hast mit dem Kerl geschlafen. Hast dich halbnackt mit diesem Flitterfummel rumgetrieben und dir ausgerechnet dieses Schwein aufgegabelt. Ich habe dir von Anfang an gesagt, daß ich dich umbringe, wenn du mir so was antust.«

»Aber ich hab's doch gar nicht getan! Ich schwöre es! Ich hab' ihn doch bloß hierhergeschleppt, um ihn von unserem Gras probieren zu lassen!«

»Quatsch!«

»Nein, das ist kein Quatsch!«

»Sie sagt die Wahrheit, Jerry«, warf ich ein. »Deshalb hat sie mich doch engagiert!«

Verwirrt sah er zu Mona hinüber. »Du hast nicht mit ihm geschlafen?«

»Großer Gott, nein! Der Kerl war widerlich! So primitiv bin ich nicht.«

Jerrys Hand begann zu zittern. Sein Blick schweifte unruhig von Mona zu mir. »Warum hast du dich dann gestern nacht noch mal mit ihm getroffen?«

»Um mir das Marihuana zurückzuholen. Was sollte ich denn sonst tun? Ich wollte nicht, daß du erfährst, daß man mich um Stoff im Wert von zweitausend Dollar beklaut hatte.«

Er starrte sie wie vom Schlag gerührt an. Und in diesem Augenblick ging ich zum Angriff über. Den Kopf nach unten, hechtete ich auf ihn zu und riß ihn zu Boden. Die Waffe schlidderte klappernd über den Fußboden. Mona sprang auf ihn und versetzte ihm einen Faustschlag in den Magen. Während sie ihn mit dem Gewicht ihres Körpers auf dem Boden hielt, stolperte ich hinter dem Colt her. Ich griff danach. Die Waffe war die ganze Zeit über entsichert gewesen. Ich hatte Glück gehabt, daß ich mir keine Kugel eingehandelt hatte.

»Schon gut, schon gut!« schrie Jerry hinter mir. »Runter von mir! Ich geb auf!« Er rang nach Luft. Ich hielt den Colt auf seine besonders empfindlichen Körperteile gerichtet, während Mona die Polizei anrief.

Jerry setzte sich auf. Ich trat einen Schritt zurück. Der irre Ausdruck war aus seinen Augen verschwunden. Noch immer atemlos begann er zu weinen. »Großer Gott, ich kann's nicht fassen!«

Mona warf ihm einen vernichtenden Blick zu. »Für Gewissensbisse ist es jetzt zu spät, Jerry.«

Er schüttelte den Kopf. »Du weißt noch nicht alles, Kleine. Nicht dich hat man um zweitausend Dollar erleichtert..., sondern mich.«

Sie starrte ihn ausdruckslos an. »Was soll das heißen?«

»Ich habe zweitausend Dollar für Schrott hergegeben. Der Stoff war nichts wert. Ich wollt's dir nicht sagen, und hab' deshalb den Blödsinn mit dem Gras aus Non Sung erfunden. So was gibt's gar nicht. Reine Phantasie.«

Es dauerte eine Weile, bis sie die Ironie der Geschichte begriff. Dann kauerte sie neben ihm nieder. »Aber warum hast du mir denn nicht vertraut? Warum hast du mir nicht einfach die Wahrheit gesagt?«

Er verzog keine Miene. »Und warum hast du mir nicht vertraut?«

Die Frage hing zwischen ihnen wie ein Spinnennetz, das in der Herbstsonne hin und her wabert. Die Antwort lag in ihrer Beziehung verborgen.

Als die Polizei kam, kauerten sie engumschlungen, in ihrer Verzweiflung vereint, auf dem Fußboden.

Ihr Anblick genügte beinahe, um mich von meiner gelegentlichen Lust am Lügen endgültig zu heilen.

Aber eben nur beinahe.

Der gute Samariter

Der Unfall lief im Zeitlupentempo ab, wie eine jener Film-
sequenzen, die endlos scheinen, obwohl in Wirklichkeit
nur wenige Sekunden vergangen sind. Es war Freitag
nachmittag, Rush-hour. In Santa Teresa herrschte der übliche dichte Verkehr, in dem sich mein kleiner VW-Käfer
nicht schlecht behauptete, obwohl das Modell schon seit
längerem zu den Oldies gehörte. Ich hatte gerade einen
Fall abgeschlossen und einen Scheck über viertausend
Dollar in der Handtasche; eine nette Summe, wenn man
bedenkt, daß ich als selbständige Privatdetektivin in Kalifornien dem ›Friß oder stirb‹ aller Freiberufler ausgeliefert
bin.

Das Mädchen fuhr einen weißen Citycar, vermutlich
einen Toyota. Allerdings registrierte ich die Marke nur
beiläufig, als sie mich beim Überholen schnitt und ein
hellroter Porsche an uns vorbeischoß. Dann tauchte rechts
neben mir auf gleicher Höhe ein marineblauer Lieferwagen auf, und jeder kämpfte um Terrain, während die spät-
nachmittägliche Sonne vom wolkenlosen Frühlingshim-
mel schien. Ich beobachtete den Verkehr hinter mir durch
den Rückspiegel, als irgendwo mit einem lauten ›BUM‹ ein
Reifen platzte. Sofort konzentrierte ich mich wieder auf
die Fahrbahn vor mir. Der weiße Citycar schleuderte auf
die Überholspur, schoß wie ein Pfeil vor dem roten Porsche
vorbei. Ich trat mit voller Kraft auf die Bremse, und Adre-
nalin pulsierte durch meine Adern, während ich versuchte, das ausbrechende Heck meines VW auszusteuern.
Der weiße Citycar prallte gegen die Leitplanke am Mittelstreifen und von dort zurück auf meine Spur, wo er mich
nur um Millimeter verfehlte. Wie aus dem Nichts tauchte
plötzlich ein dunkelgrüner Mercedes auf, erfaßte den Wagen des Mädchens breitseits und ließ ihn mit dem spekta-
kulären Timing eines Filmstunts durch die Luft wirbeln.

Um mich herum quietschten Bremsen wie eine Schar kreischender Vögel, und ich hörte hinter mir das Krachen der in schneller Folge kollidierenden Autos, die sich wie mit einem zerstörerischen Trommelwirbel ineinanderschoben. Die Stille, die folgte, war perfekt. In Sekundenschnelle war alles vorbei. Eine Staubwolke stieg vom Straßenbankett auf, dort, wo der Wagen des Mädchens schließlich mit der linken Seite nach oben, halb vom Gebüsch verdeckt, liegengeblieben war. Das Auto hatte den Pfosten eines Verkehrsschilds glatt durchschlagen, das jetzt zerbeult auf dem Dach lag. Ich fuhr rechts ran, stieg aus und hechtete, dicht gefolgt von dem Typ aus dem marineblauen Lieferwagen, zum Straßenrand. Wir mußten zu fünft auf das Autowrack zugerannt sein, getrieben von der alptraumhaften Vorstellung, der Tank des Unfallwagens könnte explodieren, was zum Glück ausblieb.

Das weiße Auto war wie eine Ziehharmonika zusammengeschoben, die Tür auf der Fahrerseite hoffnungslos verklemmt. Unter der Motorhaube entwich Dampf mit beängstigendem Zischen. Durch den Aufprall war das Mädchen mit dem Kopf voran gegen die Windschutzscheibe katapultiert worden, die spinnennetzartig geborsten war. Sie war bewußtlos, ihr Gesicht eine rote Masse. Ich zwang mich, den Anblick auszuhalten, obwohl ich instinktiv vor Entsetzen am liebsten davongelaufen wäre. Der Bursche aus dem marineblauen Lieferwagen riß mit einer Kraft, die nur die Not hervorbringt und unter normalen Umständen nicht wiederholbar ist, die Tür des Citycars beinahe aus den Angeln. Gemeinsam hoben wir das Mädchen aus dem Wagen und legten sie auf einen geschützten Platz an der Böschung. Ich deckte sie mit meiner Jacke zu und kauerte neben ihr. Der andere versuchte den Blutstrom aus den tiefsten Schnittwunden mit einem Tuch zu stillen. Er war Mitte Zwanzig, hatte dunkles lockiges Haar und schwarze Augen, in denen die Angst stand. Hinter mir

106

fragte jemand, ob ich Erste Hilfe leisten könne, und in diesem Moment erst wurde mir klar, daß es noch weitere Verletzte gab. Ich drehte mich um zu dem Burschen aus dem Lieferwagen, der am Hals des Mädchens ihren Puls fühlte.

»Lebt sie?« fragte ich.

»Ja, alles in Ordnung.«

»Dann sehe ich mal, was ich da hinten machen kann«, erklärte ich. »Schreien Sie, wenn Sie mich brauchen.« Er nickte.

Ich ließ ihn allein bei dem Mädchen zurück, ging die Böschung entlang und zu einem sich windenden Mann, dessen Bein offenbar gebrochen war. Irgendwo ganz nah schluchzte eine Frau hysterisch, und ihre Schreie bildeten eine gespenstische Hintergrundkulisse zu dem Stöhnen der Verletzten. Der Fahrer des roten Porsche stand einfach da wie gelähmt unter dem Schock.

Mittlerweile kam der Verkehr auf der 101 nur noch im Kriechtempo voran, und die Leute in den Fahrzeugen reckten die Hälse, als ob eine Massenkarambolage eine Art Sportveranstaltung wäre und das hier das Entscheidungsspiel. Sirenen kamen näher. Die folgende Stunde verging in einem Durcheinander von Polizei- und Krankenwagen. Ich entdeckte in der Menge meinen Freund John Birkett, Fotoreporter einer Lokalzeitung, der nur Sekunden nach den Ambulanzen den Unfallort erreicht hatte. Und ich erinnere mich noch, daß ich staunte über die Geschwindigkeit, mit der sich die Nachricht von der Massenkarambolage offenbar verbreitet hatte. Ich sah zu, wie man das Mädchen in einen Krankenwagen schob. Die Blaulichter wurden ausgeschaltet, einige von uns machten vor den Beamten der Verkehrspolizei ihre Aussage, und untereinander besprachen wir den Hergang immer wieder, als könnte uns die ständige Wiederholung beruhigen und erleichtern. Ich kam erst gegen sieben Uhr abends nach Hause, und meine Hände zitterten noch immer. Das Chaos der erlebten Bilder machte den Schlaf zur Qual. Ständig schreckte ich auf, von Traumsequenzen gequält, in denen meine Füße wild zuckten, während ich wieder und wieder auf die Bremse trat.

Als ich in der Morgenzeitung vom Tod des Mädchens las, wurde mir fast übel vor Trauer. Caroline Spurrier war gerade zweiundzwanzig, sie kam aus Denver Colorado, wo ihre Familie lebte. Sie hatte Englisch am College in Santa Barbara studiert und hätte in zwei Monaten Examen gemacht. Das Foto zeigte schulterlanges, blondes Haar, helle Augen und ein spitzbübisches Lächeln. Dem Zeitungsbericht zufolge waren sechs weitere Personen verletzt worden, jedoch niemand lebensgefährlich. Der Tod des Mädchens legte sich wie ein kalter Hauch auf meine Brust, den ich nicht abschütteln konnte.

Mein Büro in der Stadt wurde frisch gestrichen, so daß ich die nächste Woche zu Hause Akten aufarbeitete. Am Donnerstag wollte ich gerade Mittagspause machen, als es klopfte. Ich öffnete die Tür. Im ersten Augenblick glaubte ich an die wundersame Wiederauferstehung des toten Mädchens, das gesund und mit dem feierlichen Ernst eines Gespensts vor mir stünde. Die Illusion schwand jedoch abrupt: Beim näheren Hinsehen erkannte ich eine blonde Frau Mitte Vierzig, deren Gesicht von Müdigkeit und Erschöpfung gezeichnet war.

»Ich bin Michelle Spurrier«, stellte sie sich vor. »Man hat mir gesagt, daß Sie Zeugin des Unfalls meiner Tochter gewesen sind.«

Ich trat einen Schritt zurück. »Bitte, kommen Sie doch rein. Es tut mir so leid, Mrs. Spurrier. Sie war ein so schönes Mädchen.«

Mrs. Spurrier ging wie eine Schlafwandlerin an mir vorbei.

»Möchten Sie eine Tasse Kaffee?«

Sie schüttelte den Kopf und sah sich verwirrt um, als ob

sie sich nicht recht erinnern konnte, weshalb sie hergekommen war. Dann sank sie auf meine Couch, verbarg das Gesicht in den Händen und begann wie zu sich selbst zu sprechen. Ich mußte mich vorbeugen, um sie überhaupt zu verstehen.

»Ich habe gerade den Autopsiebefund erfahren. Caroline ist erschossen worden. Die Polizei hat im Fenster auf der Beifahrerseite des Wagens einen Einschuß gefunden. Mein Gott! Wer tut denn so was?« Sie brach in Tränen aus. Ich saß eine Stunde lang neben ihr, während Trauer, Wut und Verzweiflung aus ihr herausbrachen. Schließlich brachte ich ihr ein Glas Wasser und eine Packung Papiertaschentücher. Ein kleiner Trost, vielleicht, aber im Augenblick konnte ich nicht mehr tun.

»Was hat die Polizei Ihnen gesagt?« erkundigte ich mich, als sie sich wieder gefaßt hatte.

Mrs. Spurrier putzte die Nase und holte tief Luft. »Der Beamte, mit dem ich heute vormittag gesprochen habe, meinte, es sähe ganz so aus, als ob jemand in der Gegend herumgeschossen und die Kugel sie zufällig getroffen habe. Aber das kann ich mir einfach nicht vorstellen.«

»So was ist in Los Angeles, weiß Gott, schon oft genug passiert«, erklärte ich.

»Ich will das nicht akzeptieren. Ein paar Tage vor ihrem Tod habe ich mit Caroline telefoniert. Sie hat mir dabei erzählt, daß sie mit einem jungen Mann Schluß gemacht habe, der sie mit seiner Eifersucht fast wahnsinnig gemacht hat. Er muß ihr seit Wochen, seit der Trennung, übel zugesetzt haben. Ich habe ihr geraten, zur Polizei zu gehen, aber sie scheint das nicht ernst genug genommen zu haben.«

»Und Sie wissen nicht, wer der junge Mann ist?«

»Seinen Namen hat sie nie erwähnt. Ich habe dem Polizeibeamten davon erzählt. Er hat sich alles notiert, aber das war's auch schon. Ich habe keine Ahnung, ob sie dieser Spur überhaupt nachgehen.«

»Mrs. Spurrier, die Polizei hier arbeitet sehr effektiv. Ich bin sicher, die Polizei tut alles, was in ihrer Macht steht.«

»Sparen Sie sich diese Floskeln«, entgegnete sie bitter. »Lieutenant Dolan hat Sie mir als Privatdetektivin empfohlen. Ich möchte, daß Sie den Fall übernehmen. Vielleicht finden Sie ja was. Bitte!«

Normalerweise gehe ich Lieutenant Dolan geflissentlich aus dem Weg, obwohl ich gelegentlich den Verdacht habe, daß er mich erträglicher findet als die meisten anderen Privatdetektive. Vielleicht war das der Grund, weshalb er Mrs. Spurrier meinen Namen genannt hatte. Ich erklärte mich selbstvertändlich bereit, ihr zu helfen. Wie hätte ich das ausschlagen können? Von meiner Neugier mal ganz abgesehen, ließ mein Mitgefühl für die Mutter und ihre tote Tochter keine andere Wahl. Mrs. Spurrier wollte noch am Abend nach Denver zurückfliegen. Ich notierte mir ihre Adresse und Telefonnummer. Dann füllte ich den üblichen Normvertrag aus, verzichtete jedoch auf eine Anzahlung. Die Rechnung würde sie später bekommen.

Sobald Mrs. Spurrier gegangen war, schnappte ich mir Jacke und Handtasche und fuhr zum Polizeirevier, wo ich sechs Dollar für eine Kopie des Polizeiberichts investierte. Lieutenant Dolan war nicht da, doch ich plauderte zehn Minuten mit Emerald, der schwarzen Beamtin vom Erkennungsdienst. Emerald, eine schwergewichtige Frau Mitte Fünfzig, ist meiner Wißbegierde gegenüber normalerweise ziemlich zugeknöpft, jedoch eine leidenschaftliche Klatschtante. Da ich bei meiner Arbeit eine Menge aufschnappe, spare ich mir ein paar Leckerbissen für Gelegenheiten wie diese auf. Ich ließ mich daher über innerbehördliche Gerüchte aus und versuchte sie dann ganz offen über den Unfall auszuhorchen, da ich annahm, daß sie gut informiert war.

»Habt ihr schon eine heiße Spur?« wollte ich wissen. »Hat jemand gesehen, woher der Schuß kam?«

»Nein, Madam.«

Ich dachte plötzlich an den Burschen aus dem marineblauen Lieferwagen. Er war nur wenige Meter vor mir auf der rechten Spur gefahren, als der Unfall passierte. Und der Fahrer des roten Porsche? »Was ist mit den Zeugen? Es müssen mindestens ein halbes Dutzend am Unfallort gewesen sein. Wer ist vernommen worden?«

Emerald bedachte mich mit einem Blick der Entrüstung. »Sie wissen doch genau, daß Zeugennamen tabu sind.«

»Was ist mit den Freunden des Mädchens an der Uni? Hat Dolan mit ihnen gesprochen?«

»Ich kriege Schwierigkeiten, wenn ich aus der Schule plaudere. Versuchen Sie's selbst rauszukriegen, wenn Sie's so brennend interessiert.«

»Kommen Sie, Emerald. Dolan weiß, daß ich an dem Fall arbeite. Schließlich hat er Mrs. Spurrier meine Adresse gegeben. Ich mach's Ihnen leicht. Nur einen Namen, bitte.«

»Und welcher soll das sein?« fragte sie mißtrauisch.

Ich beschrieb ihr den Mann aus dem Lieferwagen, da ich annahm, daß sie ihn auf ihrer Zeugenliste schon durch die Altersangabe herausfinden könnte.

Widerwillig sah sie die Liste durch. Ihre Miene veränderte sich schlagartig.

»Ach der«, seufzte sie. »Hätte mir denken können, daß Sie sich ausgerechnet den rauspicken würden. Der Bursche aus dem Lieferwagen hat 'ne falsche Adresse angegeben. Benno Secco sollte er angeblich heißen, aber das war auch erfunden. Die Telefonnummer gab's ebenfalls nicht. Sieht so aus, als sei er spurlos verschwunden.«

»Das ist ja komisch. Glauben Sie, er hatte was mit der Sache zu tun?«

»Wer weiß? Vielleicht steht er irgendwo auf der Fahndungsliste, oder so«, vermutete Emerald.

Hinter mir ertönte eine Stimme. »Sieh mal einer an. Kinsey Millhone. Und eifrig bei der Arbeit, wie ich sehe.«

111

Emerald machte sich augenblicklich dünn. Ich drehte mich um und fand mich Lieutenant Dolan gegenüber, der, auf den Absätzen wippend, im Türrahmen stand. Er hatte die Hände in den Taschen und ein Grinsen im Gesicht, das denen, die ihn kannten, schlechte Laune signalisierte. Ich suchte krampfhaft nach einer schlagfertigen Entgegnung, doch es fiel mir nichts ein. Ich faltete den Polizeibericht zusammen und steckte ihn in die Tasche. »Ich wollte mir nur ein paar Anhaltspunkte holen. Der Tod des Mädchens hat mich ziemlich getroffen.«

Zu meinem Erstaunen schlug er sofort einen anderen Ton an. »Mich auch«, gestand er.

»Was ist denn das für eine Geschichte mit dem verschwundenen Zeugen?«

Er warf einen grimmigen Blick in Emeralds Richtung, beschloß jedoch offenbar, das Hühnchen erst dann mit ihr zu rupfen, wenn ich fort war.

»Würde ich auch gern wissen. Hat er was zu Ihnen gesagt?«

»Nicht viel. Aber ich würde ihn jederzeit wiedererkennen. Es muß doch einen Weg geben, ihn ausfindig zu machen, meinen Sie nicht?«

»Ich hab' schon alles versucht«, entgegnete er. »Wenn sich jemand an was erinnert, dann nur an den Lieferwagen, den er gefahren hat. Ein Toyota. Vielleicht vier, fünf Jahre alt.«

»Es würde sicher was bringen, wenn ich selbst mit den anderen Zeugen sprechen könnte.«

Er musterte mich einen Moment prüfend, griff dann nach der Akte, zog die Zeugenliste heraus und gab sie mir.

»Brauchen Sie die nicht?« wollte ich wissen.

»Ich habe eine Kopie. Wir bleiben in Kontakt, ja? Ich möchte nicht, daß Ihnen auch was zustößt.«

Ich steckte die Liste in die Tasche. »Danke.«

Dolan zeigte mit dem Finger auf mich. »Wenn Sie in diesem Fall ein Karnickel aus dem Hut zaubern, bastel ich Ihnen einen Orden.«

Übernehmen Sie sich nicht, dachte ich. Ich ging zu meinem Wagen, setzte mich hinters Steuer und dachte nach. Es mußte eine Möglichkeit geben, den Burschen aus dem Lieferwagen zu finden. Vermutlich wegen der Umstände unserer Begegnung hatten sich mir seine Züge unauslöschlich eingeprägt. Er war ungefähr einen Meter achtzig groß, kräftig, hatte dunkles, welliges Haar, war glatt rasiert und hatte am Mundwinkel eine kleine Narbe. Ich dachte an den Lieferwagen und versuchte mich an irgendeine Besonderheit zu erinnern. Mir war weder eine Firmenadresse noch irgendeine andere Aufschrift aufgefallen. Auch hatte auf der Ladefläche keinerlei Gerät gelegen, das einen Hinweis auf seinen Beruf gegeben hätte. Es war frustrierend, aber vielleicht würde mir noch etwas einfallen. Möglicherweise hatte er mit dem Unfall gar nichts zu tun. Trotzdem gab es zu denken, daß er untergetaucht war. Warum hatte der Bursche einen falschen Namen und eine fiktive Adresse angegeben?

Schließlich fuhr ich zum Universitätsgelände hinaus und unterhielt mich mit der Zimmergenossin von Caroline Spurrier, Judy Layton, die unaufhörlich redete, während sie Küchenschränke leerte und den Inhalt in diverse Pappkartons packte. Zuerst machte ich höflich Konversation, während sie Eßteller in Zeitungspapier wickelte und Kartons stapelte. Die Wohnung war eine typische Studentenbude: ein bißchen schäbig, buntmöbliert mit Gegenständen, die vermutlich aus irgendeinem Schuppen stammten.

»Wie lange haben Sie Caroline gekannt?«

»Ungefähr ein Jahr«, erwiderte Judy. »Meine erste Mitbewohnerin hat vergangenes Jahr Examen gemacht. Caroline und ich haben uns bei der Zimmervermittlung kennengelernt.«

»Und weshalb ziehen Sie jetzt aus?«

Sie zuckte mit den Schultern. »Ich ziehe wieder zu meiner Familie. Es ist zu spät, für das restliche Semester noch jemanden zu finden, und allein kann ich mir die Wohnung nicht leisten.«

Judy Layton war zweiundzwanzig, sie studierte Englisch im vorletzten Semester und stammte aus der Stadt. Ihrer Aussage nach war Caroline eine gute Studentin und ein unternehmungslustiges Mädchen gewesen, die sich kein Vergnügen hatte entgehen lassen und trotzdem blendende Noten geschrieben hatte.

»Hatte sie einen Freund?«

»Sie hatte 'ne Menge Freunde.«

»Erinnern Sie sich an einen besonderen?«

Judy schüttelte den Kopf und konzentrierte sich auf die Arbeit.

»Caroline hatte ihrer Mutter erzählt, sie habe gerade mit einem Jungen Schluß gemacht, der sie bedrohte. Wissen Sie, von wem die Rede gewesen sein könnte?«

»Woher soll ich das wissen? Ich habe mir die Jungs nicht gemerkt, mit denen sie sich eingelassen hat.«

»Aber wenn der Kerl soviel Schwierigkeiten gemacht hat, müssen Sie sich doch an ihn erinnern?«

»Hören Sie. Caroline und ich haben die Wohnung geteilt, das war's. Wir waren nicht unbedingt befreundet. Jeder ist seiner Wege gegangen. Und wenn ein Typ sie belästigt hat, dann hat sie mir das doch nicht erzählt.«

»Ihres Wissens hatte sie also keine Probleme?«

»Nein.« Ihre Stimme wurde scharf. Sie wirkte trotzig.

Ich starrte sie an. »Judy, Leute werden nicht völlig grundlos ermordet. Es muß was passiert sein.«

»Seit wann war es Mord? Der Polizist, mit dem ich geredet habe, hat gesagt, sie sei in eine Schießerei auf der Schnellstraße geraten, die irgendein Motorradrowdy angezettelt hat.«

»Ihre Mutter ist anderer Meinung.«

»Ich kann Ihnen jedenfalls nicht helfen«, entgegnete sie eigensinnig. Ich fixierte sie düster und schweigend und hoffte, sie auf diese Weise zum Reden zu bewegen. Fehlanzeige. Falls sie mehr wußte, war sie offenbar entschlossen, es für sich zu behalten. Ich hinterließ meine Visitenkarte und bat sie, mich anzurufen, sobald ihr etwas einfiel.

Die folgenden beiden Tage verbrachte ich damit, die anderen Zeugen auf der Liste durchzugehen und mit jedem einzelnen zu sprechen. Wie Emerald bereits angedeutet hatte, hatte niemand etwas gesehen. Der Fahrer des Lieferwagens allerdings ging mir nicht aus dem Sinn. Welchen Grund konnte er haben, sich zu verstecken? Ich schnitt den Zeitungsbericht über Caroline Spurriers Tod aus und heftete ihr Foto an die Pinnwand über meinem Schreibtisch. Sie sah mit einem Lächeln auf mich herab, das plötzlich eher rätselhaft als spitzbübisch auf mich wirkte.

Der Gedanke, ihrer Mutter sagen zu müssen, ich sei mit meinen Nachforschungen in eine Sackgasse geraten, war mir unerträglich. Ich saß gerade an meiner Schreibmaschine, als mir plötzlich eine Idee kam. John Birkett war mir eingefallen, der Fotoreporter, der das Autowrack am Unfallort von allen Seiten fotografiert hatte. Falls er zufällig auch den Burschen aus dem Lieferwagen abgelichtet hatte, könnte ich der Polizei wenigstens etwas vorweisen. Ich griff nach dem Telefonhörer und rief Birkett an. Zwanzig Minuten später stand ich in seinem winzigen Büro. Wir hatten die Köpfe zusammengesteckt und prüften die Kontaktabzüge vom Unfallort.

»Fehlanzeige«, seufzte John. »Das hier ist nicht übel, aber unscharf. Verdammter Mist. Ich habe ihn kein einziges Mal richtig vor die Linse gekriegt.«

»Was ist mit dem Lieferwagen?«

John zog weitere Kontaktabzüge hervor, die alle das

115

Wrack des Citycars aus verschiedenen Blickwinkeln zeigten. »Da kannst du ihn im Hintergrund sehen. Hilft das?«

»Könnte man den Ausschnitt vergrößern?«

»Kommt auf den Versuch an. Interessiert dich was Bestimmtes?«

»Das Nummernschild.«

»Klar.«

Das Nummernschild des Staates Kalifornien wies eine siebenstellige Kombination aus Zahlen und Buchstaben auf, die wir schließlich auf einer unscharfen, grobkörnigen Vergrößerung ausklügelten. Natürlich hätte ich Lieutenant Dolan den Besitzer des Wagens ausfindig machen lassen sollen, doch ich bekenne mich zu einem gewissen Egoismus, der gelegentlich über meinen gesunden Menschenverstand siegt. Ich wollte den Fall nicht an Dolan zurückgeben, wenigstens jetzt noch nicht. Also rief ich einen Freund bei der Kraftfahrzeugstelle an und bat ihn, den Besitzer des Kennzeichens ausfindig zu machen.

Wie sich herausstellte, gehörte das Nummernschild zu einem marineblauen Toyota-Lieferwagen, Baujahr 1984. Als Eigentümer war ein gewisser Ron Cagle mit einer Adresse im McClatchy Way eingetragen.

Es war ein mit Stuck verziertes Haus, dunkelgrau gestrichen, die Fenster weiß abgesetzt. Mein Herz klopfte schneller, als ich auf die Klingel drückte. Das Gesicht des Lieferwagenfahrers hatte ich mittlerweile derart verinnerlicht, daß ich nur stumm glotzte, als die Tür schließlich geöffnet wurde. Vor mir stand ein breitschultriger Mann, gut ein Meter neunzig groß, mit kantigem Kinn, gerötetem Teint, braunem Haar und rötlichem Schnurrbart. »Ja bitte?«

»Ich möchte zu Ron Cagle.«

»Das bin ich.«

»Sie?« Die Stimme versagte mir wie einem Kind in der Pubertät. Ich warf einen Blick auf einen Zettel in meiner

116

Hand. »Gehört Ihnen ein marineblauer Lieferwagen?« Ich las das Kennzeichen ab.

Er sah mich verwundert an. »Ja, das ist mein Lieferwagen. Stimmt was nicht?«

»Das weiß ich noch nicht. Haben Sie den Wagen kürzlich verliehen?«

»Nein, schon seit einem halben Jahr nicht mehr.«

»Sind Sie sicher?«

Er lachte. »Überzeugen Sie sich selbst. Er steht gleich draußen in der Einfahrt.« Damit zog er die Tür zu und ging voraus über die Veranda zur Einfahrt. Dort stand ein marineblauer Lieferwagen aufgebockt, ohne Räder. Die Motorhaube war geöffnet, und dort, wo der Motor hätte sein sollen, gähnte ein schwarzes Loch. »Also, was ist damit?« fragte er freundlich.

»Genau das wollte ich Sie fragen. Dieser Lieferwagen war vergangenen Freitag am Ort eines Unfalls. Dabei ist ein Mädchen getötet worden.«

»Der hier bestimmt nicht«, widersprach er. »Der hat immer hier gestanden.«

Wortlos zog ich die Fotos aus der Tasche. »Ist das vielleicht nicht Ihr Wagen?«

Er betrachtete die Bilder stirnrunzelnd. »Sieht genauso aus.«

»Ist das nicht Ihr Kennzeichen?«

»Ja, doch«, gab er zu. Er schien nicht minder verwirrt als ich. Wir sahen vom Foto zum Lieferwagen und versuchten uns einen Reim darauf zu machen. Schließlich ging er um den Wagen herum, öffnete die Tür auf der Fahrerseite und kramte im Handschuhfach, bis er den Kraftfahrzeugschein gefunden hatte. Er hatte des Rätsels Lösung zuerst. »Da haben wir es«, sagte er. »Hier sehen Sie mal.«

Er reichte mir den Kraftfahrzeugschein. Das eingetragene Kennzeichen entsprach dem Nummernschild auf dem Zettel in meiner Hand.

»Na und?« fragte ich.

Er zeigte mit dem Finger auf das Nummernschild am Lieferwagen. Es zeigte eine völlig andere Kombination von Zahlen und Buchstaben.

Ich brauchte eine gute halbe Minute, bis es mir schließlich dämmerte. »Jemand hat einen Lieferwagen gestohlen und das Nummernschild mit Ihrem vertauscht«, erklärte ich.

»So sehe ich das auch.«

Diesmal rief ich Lieutenant Dolan an und berichtete ihm, was ich herausgefunden hatte. Er sagte, daß er eine Fahndung ausschreiben würde. Falls das gestohlene Fahrzeug noch in der Gegend war, würde man es bald ausfindig machen, doch das war mir zu ungewiß. Immerhin war der gute Samariter vor der Polizei auf der Flucht und konnte den Staat längst verlassen haben. Möglicherweise hatte er das ›heiße‹ Fahrzeug auch einfach irgendwo stehengelassen. Genausogut konnte es sein, daß wir mit der Suche nach ihm nur Zeit vergeudeten. Vielleicht hatte er mit dem Unfall gar nichts zu tun oder hatte eine vernünftige Erklärung für alles. In meinem Job versucht man keine vorschnellen Schlüsse zu ziehen, obwohl das zugegebenermaßen verlockend war.

Eine Woche verstrich, ohne daß etwas geschah. Die Ereignislosigkeit war entmutigend. Wenn ein Fall kurz vor der Auflösung ist, dann überstürzt sich meist alles, aber diesmal wurde die Chance, diesen Fall zu knacken, mit jedem Tag geringer. Ich tippte einen Bericht für Mrs. Spurrier, um sie auf dem laufenden zu halten. Ansonsten war ich ziemlich ruhelos und ertappte mich dabei, wie ich in meiner freien Zeit ziellos durch die Straßen fuhr und nur noch Augen für parkende Autos hatte. Caroline Spurriers Foto hing weiterhin an meinem Pinboard über dem Schreibtisch, und ihr Lächeln schien immer spöttischer zu werden, während ein Tag nach dem anderen verging.

Trotzig nahm ich mir erneut die Zeugen vor, fuhr zu jedem einzelnen auf der Liste. Die meisten wollten durchaus helfen, konnten ihrer Aussage jedoch nichts hinzufügen. Schließlich machte ich mich auf den Weg zum Campus und zu Carolines Zimmergenossin. Sie mußte mehr wissen, als sie zugegeben hatte. Vielleicht gelang es mir doch noch, ihr die nötigen Informationen zu entlocken. Ich fand die Wohnung verschlossen. Nachdem ich mir Judy Laytons neue Adresse beim Hausmeister besorgt hatte, fuhr ich zum Haus ihrer Eltern in Colgate hinaus, einem kleinen Vorort nördlich von Santa Teresa.

Ich landete vor einem hübschen, stuckverzierten Haus mit angebauter Garage für drei Autos. Ich klingelte. Während ich wartete, blickte ich mich um. Die Straße war breit, von Bäumen gesäumt und hatte einen Mittelstreifen mit Rasen und blühenden Büschen. Ich drückte erneut auf die Klingel. Offenbar war niemand zu Hause. Schließlich ging ich die Verandatreppe wieder hinunter und blieb in der Einfahrt stehen. Eigentlich war ich schon auf dem Weg zum Auto, das am Straßenrand parkte, doch statt dessen wandte ich mich unwillkürlich der Garage zu. Es gibt Augenblicke in meinem Beruf, da sagt einem eine innere Stimme, daß etwas faul ist. Ich wölbte die Hände über die Augen und starrte angestrengt durchs Fenster in die Garage. Dort im Halbdunkel entdeckte ich einen Toyota-Lieferwagen ohne Lackierung.

Mein Herz begann heftig zu klopfen, als ich die Klinke der Garagentür hinunterdrückte. Sie war offen. Ich ging hinein. Drinnen roch es nach Grundierung, Staub und Motoröl. Der Lieferwagen hatte keine Nummernschilder. Hastig durchsuchte ich die Fahrerkabine. Unter dem Fahrersitz entdeckte ich die Pistole. Ich berührte nichts, machte die Tür leise wieder zu und trat den Rückzug an.

Im Dauerlauf hastete ich auf die Straße. Ich mußte zum nächsten Telefon und die Polizei benachrichtigen. Ich hatte gerade den Motor angelassen und den ersten Gang eingelegt, als ich den Mann vom Unfallort sah. Er saß in einem dunkelgrünen VW-Bus, der mir auf der gegenüberliegenden Fahrbahn entgegenkam und deutlich erkennbar auf die Einfahrt der Laytons zufuhr. War das Judys Bruder? Jetzt, da ich beide kennengelernt hatte, schien die Ähnlichkeit auf der Hand zu liegen. Kein Wunder, daß sie mir nichts hatte erzählen wollen. Der Busfahrer bremste ab, um die Straße zu überqueren, als sein Blick auf mich fiel. Falls ich noch Zweifel an seiner Schuld gehabt hatte, schwanden diese in dem Moment, als sich unsere Blicke trafen. Überraschung machte panischer Angst Platz, und er trat aufs Gas. Ich raste hinter ihm her. An der nächsten Ecke bog er mit quietschenden Reifen ab und war verschwunden. Ich versuchte verzweifelt, an ihm dran zu bleiben, zu erraten, welchen Weg er eingeschlagen hatte, obwohl er außer Sichtweite war. Allerdings war das Heulen seines Motors mir Wegweiser genug. Er fuhr in Richtung Freeway. Von der Überführung aus entdeckte ich ihn schließlich auf der südlich führenden Fahrspur in Richtung Stadt. Er war nicht zu übersehen. Die kastenförmige Silhouette des VW-Busses war schon von weitem erkennbar. Ich holte den Bus ein, als sich der Verkehrsfluß unvermittelt verlangsamte. Ich wußte nicht, ob die Ursache für das stockende Tempo ein Auffahrunfall auf der Gegenfahrbahn oder eine gesperrte Spur auf unserer Seite war. Immerhin verschaffte mir die Situation den erhofften Vorteil. Ich versuchte, ihn links zu überholen. Er sah mich, drückte aufs Gaspedal und brach nach rechts aus. Kies spritzte hinter seinen Reifen auf, als er auf dem Bankett weiterraste, Büsche streifte und die Autos auf der Kriechspur überholte. Ich war direkt hinter ihm. Die Nadel meines Tachos zeigte fast hundert, ich blieb so dicht an ihm dran, wie ich es wagen konnte. Insgeheim betete ich inständig, die Verkehrsüberwachung möge die halsbrecherische Jagd entdecken, doch weit und breit war kein Polizist zu sehen. Dann bremste er abrupt und zwang mich damit, ebenfalls die Geschwindigkeit zu verringern, gab jedoch sofort wieder Gas und hängte mich in einer Staubwolke ab. Dabei beobachtete er mich unaufhörlich durch den Rückspiegel, und unsere Blicke drückten wilde Entschlossenheit aus. Ich sah den Arbeitstrupp Sekunden früher als er. Männer in grell-orangefarbenen Westen arbeiteten neben einem Kranfahrzeug, das auf der Kriechspur parkte. Er hatte weder die Chance, rechtzeitig anzuhalten, noch die Möglichkeit auszuweichen. Sein VW-Bus bohrte sich in das Kranfahrzeug mit einem Krachen und Bersten, die das Blut in meinen Adern gefrieren ließen. Ich trat auf die Bremse. Mein Käfer kam nur eine Handbreit hinter seiner Stoßstange zum Stehen. Alptraumgleich wiederholte sich nun der Horror des ersten Unfalls. Polizei und Sanitäter, Fotografen, die das Fahrzeugwrack ablichteten, die Sirene der Ambulanz, die die Leiche abtransportierte. Als ich schließlich aufhörte zu zittern, wurde mir plötzlich klar, wo wir uns befanden. Der Arbeitstrupp war dabei gewesen, das große Autobahnhinweisschild wieder aufzustellen, das Caroline Spurrier mit ihrem Citycar umgefahren hatte. Layton hatte sein unrühmliches Ende also an der Stelle gefunden, wo er sie umgebracht hatte. Ihr Lächeln, mit dem sie von meiner Pinnwand auf mich herabschaut, sieht jetzt wieder richtig spitzbübisch aus.

Ich hinterließ einen Zylinder mit einem Karnickel auf Lieutenant Dolans Schreibtisch. Insgeheim jedoch wünschte ich mir die Zauberkraft, die junge Frau wieder lebendig machen zu können. Aber ich habe mein Bestes getan, und das muß genügen.

Ein Gift, das keine Spuren hinterläßt

Die Frau wartete am Morgen auf mich vor meinem Büro. Sie war klein und ziemlich korpulent und hatte Jeans in einer Übergröße an, wie sie nur in Spezialgeschäften zu haben sind. Die Bluse fiel locker über ihre Hüften, vermutlich, um ihr stattliches Hinterteil zu kaschieren. Jemand mußte ihr erzählt haben, daß Querstreifen dick machen, denn ihr Oberteil war diagonal gestreift, mit leuchtendroten und blauen Balken, was beim Betrachter leichte Schwindelgefühle auslöste. Dazu trug sie eine große rote Leinentasche und passende Leinenschuhe mit Keilabsatz. Ihr Gesicht war rund, weich und faltenlos, ihr Haar so gleichmäßig dunkel, daß die Farbe kaum natürlich sein konnte. Ihr Alter? Zwischen vierzig und sechzig tippte ich. »Sie sind nicht etwa Kinsey Millhone?« fragte sie.

»Die bin ich. Möchten Sie reinkommen?« Ich schloß die Tür auf und trat zur Seite, um sie vorbeizulassen. Sie musterte mich eingehend von Kopf bis Fuß, als ob ich für sie einen ebenso erstaunlichen Anblick böte wie sie für mich. Dann setzte sie sich und hielt ihre Einkaufstasche quer auf dem Schoß. Ich öffnete die Balkontür und nahm hinter meinem Schreibtisch Platz. »Was kann ich für Sie tun?«

Sie starrte mich unverhohlen an. »Tja, ich weiß nicht. Ich dachte, daß Sie ein Mann wären. Was ist das für ein Name, Kinsey? Hab ich noch nie gehört.«

»Es ist der Mädchenname meiner Mutter. Ich vermute, Sie suchen einen Privatdetektiv?«

»Sieht so aus. Ich bin übrigens Shirese Dunaway. Aber alle nennen mich Sis. Wie lange sind Sie schon im Geschäft?« Skepsis und Mißtrauen waren nicht zu überhören.

»Im Mai sechs Jahre. Davor war ich zwei Jahre im Polizeidienst. Falls es Sie stört, daß ich eine Frau bin, empfehle ich Ihnen gern eine andere Detektei. Ich bin nicht so empfindlich.«

»Hm... Wenn ich schon mal hier bin, kann ich genausogut mit Ihnen reden. Schließlich bin ich deswegen den ganzen Weg von Orange County hergekommen. Für eine kurze Beratung verlangen Sie doch wohl nichts, oder?«

»Nein. Normalerweise kriege ich dreißig Dollar die Stunde plus Spesen... Das aber auch nur, wenn ich überzeugt bin, was ausrichten zu können. Worum geht's denn?«

»Dreißig Dollar die Stunde! Oje! Mit soviel habe ich nicht gerechnet!«

»Beim Anwalt zahlen Sie hundertzwanzig«, entgegnete ich achselzuckend.

»Weiß ich. Aber nur wenn es vor Gericht geht. Mann! Dreißig Dollar die *Stunde*...!«

Ich hielt den Mund und wartete ab. Ich hatte nicht vor, gleich bei der ersten Begegnung Streit anzufangen. Während sie überlegte, schaltete ich einfach ab.

»Es geht um meine Schwester«, sagte sie schließlich. »Hier, lesen Sie das.« Sie reichte mir einen kleinen Ausschnitt aus einer Tageszeitung von Santa Teresa. Es war eine Todesanzeige: ›CRISPIN, MARGERY – die geliebte Mutter von Justine, ist am 10. Dezember von uns gegangen. Die Bestattung findet in aller Stille auf dem Wynington-Blake-Friedhof statt.‹

»Das war vor fast zwei Monaten«, bemerkte ich.

»Man hat mir noch nicht einmal mitgeteilt, daß sie krank war. Das ist es ja«, fuhr Sis Dunaway auf. »Ich wäre bis heute völlig ahnungslos, wenn nicht eine ehemalige Nachbarin dies hier entdeckt und für mich ausgeschnitten hätte.« Sie schien mehr empört als traurig zu sein.

»Und die Anzeige haben Sie gerade erst erhalten?«

»Nein, das war im Januar. Aber ich konnte schließlich nicht einfach alles stehen- und liegenlassen. Ich hab mich erst jetzt aufraffen können. Das müssen Sie verstehen, ich war fix und fertig.«

»Natürlich«, sagte ich. »Wann haben Sie denn das letzte Mal mit Margery gesprochen?«

»Das genaue Datum weiß ich nicht mehr. Es muß vor acht oder zehn Jahren gewesen sein. Sie können sich vorstellen, was das für ein Schock gewesen ist. Aus heiterem Himmel zu erfahren, daß sie tot ist!«

Ich schüttelte den Kopf. »Schrecklich«, murmelte ich. »Haben Sie schon mit Ihrer Nichte gesprochen?«

Sis Dunaway machte eine wegwerfende Handbewegung. »Diese Justine ist eine Katastrophe! Marge war nicht zu beneiden. Ich habe mal kurz bei ihr vorbeigeschaut. Das hat mir genügt. Ich habe gesagt: ›Justine, woran zum Teufel ist Margery gestorben?‹ Wissen Sie, was sie geantwortet hat? ›Tante Sis, an Herzversagen.‹ Sie hatte 's noch nicht ganz ausgesprochen, da wußte ich, daß das blanker Unsinn war. An Herzversagen ist in unserer Familie noch nie jemand gestorben…«

Und sie verbreitete sich ausführlich darüber, woran alle wirklich gestorben waren; Mutter, Vater, Onkel Buster, Rita Sue. Da war von Krebs, Lungenkrankheiten und ein oder zwei Gehirnschlägen die Rede, aber von schwachen Herzen keine Spur. Ich gab mich verständnisvoll, um ihren Redeschwall nicht zu unterbrechen, bevor sie zum Wesentlichen kam, und machte sogar ein paar Notizen. »Sie haben also das Gefühl, daß mit dem Tod Ihrer Schwester was nicht stimmt?« faßte ich schließlich zusammen.

Sis spitzte die Lippen und senkte den Blick. »Drücken wir's mal so aus: Ich rieche, wenn's stinkt. Und ich möchte wetten, daß Justine die Finger im Spiel hat.«

»Weshalb hätte sie so etwas tun sollen?«

»Marge hatte eine gute Lebensversicherung. Harley hatte sie 1966 abgeschlossen: Wenn das kein Motiv ist?« Nachdem sie ihren Standpunkt deutlich gemacht hatte, lehnte sie sich selbstzufrieden auf dem Stuhl zurück.

»Harley?«

»Ihr Mann. Er ist längst tot. Sie waren auf Gegenseitigkeit versichert. Nach seinem Tod hat Marge ihre Versicherung beibehalten. Die Nutznießerin ist Justine. Da Marge nie wieder geheiratet hat, kriegt Justine vermutlich alles und macht wer weiß was damit. Das ist doch nicht richtig, oder? Sie hat gelogen und betrogen, seit sie auf der Welt ist. Eine richtige Hochstaplerin. Viermal war sie schon im Knast. Meine Schwester hat sich den Mund fusselig geredet, aber bei Justine hat das nichts genützt.«

»Um welchen Betrag geht es denn eigentlich?«

»Hunderttausend Dollar«, erwiderte Sis Dunaway. »Im übrigen haben die zwei sich nie verstanden. Sie waren von jeher wie Hund und Katze. Haben immer versucht, sich gegenseitig zu übertrumpfen. Das war bei denen so eine Art Familiensport. Justine hat mir ziemlich deutlich gesagt, daß sie sich zwei Monate vor Marges Tod endgültig verkracht hatten. Seit Marges Auszug haben die beiden kein Wort mehr miteinander geredet.«

»Sie haben zusammen gewohnt?«

»Ja… bis zu dem großen Krach. Und dann war Marge plötzlich tot. Da ist doch was faul, oder?«

»Sind Sie schon bei der Polizei gewesen?«

»Wieso denn? Ich habe doch keine *Beweise*.«

»Was ist mit der Versicherungsgesellschaft? Wenn es Anlaß zu Zweifeln an einem natürlichen Tod Ihrer Schwester gegeben hätte, hätte sich doch bestimmt der Versicherungsdetektiv eingeschaltet.«

»O Schatz, Sie wissen doch auch, wie's im Leben so geht. Wenn die Versicherungssumme mal ausbezahlt wurde, will die Versicherung mit der Sache nichts mehr zu tun haben. Sollen die vielleicht zugeben, daß sie einen Fehler gemacht haben? Nein, danke. Viel zuviel Arbeit, den ganzen Papierkram wieder aufzurollen. Außerdem hätte Justine denen doch umgehend ein Verfahren an den Hals gehängt. Da stellen die sich doch lieber taub und schreiben das Geld in den Schornstein.«

»Wann ist die Versicherungssumme ausbezahlt worden?«

»Angeblich vor einer Woche.«

Ich starrte sie einen Moment nachdenklich an. »Ich weiß nicht, was ich da sagen soll, Mrs. Dunaway…«

»Nennen Sie mich ruhig Sis. Ich hab nichts am Hut mit diesen Förmlichkeiten.«

»Also gut, Sis. Wenn Sie wirklich überzeugt sind, daß Justine etwas mit dem Tod ihrer Mutter zu tun hat, dann will ich selbstverständlich helfen. Ich möchte Ihre Zeit nur nicht nutzlos verschwenden.«

»Das verstehe ich«, sagte sie.

Ich rutschte unruhig auf meinem Stuhl hin und her. »Hören Sie, ich mache Ihnen einen Vorschlag. Sie bezahlen mich für zwei Stunden. Wenn ich danach keine konkreten Hinweise gefunden habe, unterhalten wir uns noch mal, und Sie entscheiden, ob ich weitermachen soll.«

»Sechzig Dollar«, stellte sie fest.

»Ganz richtig. Zwei Stunden.«

»Also gut. Ich schätze, das kann ich riskieren.« Sie machte ihre Einkaufstasche auf und zog sechs Zehndollarscheine aus einer mit einem Gummiband zusammengehaltenen Rolle. Ich setzte eine verkürzte Version meines Standardvertrags auf. Sis Dunaway wollte über Nacht in der Stadt bleiben und gab mir die Telefonnummer ihres Motels. Dann überließ sie mir die Todesanzeige. Ich notierte mir den vollständigen Namen und das Todesdatum ihrer Schwester und versprach, sie anzurufen.

Mein erster Gang führte mich zum Amtsgericht von Santa Teresa, zweieinhalb Blocks weiter. Dort füllte ich einen Antrag aus, bezahlte sieben Dollar und hielt eine Stunde später die beglaubigte Kopie von Margery Crispins Totenschein in der Hand. Als Todesursache war darauf ›Herzinfarkt‹ angegeben. Unterschrieben hatte ein gewisser Dr. Yee, einer der amtlichen Gerichtsmediziner. Falls Marge Crispin Opfer eines Mordanschlags geworden war, hätte Dr. Yee das eigentlich merken müssen.

Ich holte meinen Wagen und fuhr zur Leichenhalle von Wynington-Blake, die in der Todesanzeige angegeben war. Dort fragte ich nach Mr. Sharonson. Sharonson kannte ich bereits von einem anderen Fall her. Er trug einen anthrazitfarbenen Anzug und befleißigte sich des ernsten, wohlmodulierten Tonfalls seiner Berufssparte. Als der Name Marge Crispin fiel, verdüsterte sich seine Miene.

»Erinnern Sie sich an die Frau?«

»O ja«, erwiderte er und schwieg dann. Sein Blick allerdings war beredt.

Ich fragte mich, ob auch die Angestellten von Leichenschauhäusern einer beruflichen Schweigepflicht unterliegen. Trotzdem beschloß ich, ihm auf den Zahn zu fühlen. Männer sind in der Regel größere Klatschmäuler als Frauen, wenn sie erst mal in Fahrt kommen. »Mrs. Crispins Schwester hat mich mit Nachforschungen beauftragt. Sie scheint der Meinung zu sein, daß... nun, daß mit dem Tod ihrer Schwester etwas nicht stimmt.«

Es war Mr. Sharonson anzusehen, wie er nach den richtigen Worten suchte. »Ich würde nicht gerade behaupten, daß ›was nicht gestimmt hat‹. Aber die Umstände waren doch etwas... unappetitlich.«

»Ach ja?«

Er senkte die Stimme und sah sich flüchtig um, um sich zu vergewissern, daß uns niemand hören konnte. »Mutter und Tochter hatten sich zerstritten. Soviel ich weiß, hatten sie seit Monaten keinen Kontakt mehr. Die Frau ist mutterseelenallein in einem verkommenen Hotel an der unteren State Street gestorben. Sie hat getrunken.«

»Nein«, murmelte ich mißbilligend und ungläubig zugleich.

»Tja, so war es«, fuhr Mr. Sharonson fort. »Die Polizei hat die Leiche gefunden, aber sie konnte wochenlang nicht identifiziert werden. Ohne den Zeitungsartikel hätte es vermutlich nicht mal ihre Tochter erfahren.«

»Welcher Zeitungsartikel?«

»Na, Sie wissen doch ... Diese Kolumne im Lokalteil über die vielen Obdachlosen. Der Autor hat auch über die arme Frau geschrieben. Unter der Überschrift ›Ein einsamer Tod‹. Als Miss Crispin den Artikel las, hatte sie wohl gleich den Verdacht, daß es sich um ihre Mutter handeln könnte. Sie ist dann hierhergekommen, um die Tote anzusehen.«

»Muß ja ein Schock für sie gewesen sein«, bemerkte ich. »Ist die Frau denn eines natürlichen Todes gestorben?«

»O ja.«

»Keinerlei Hinweise auf Fremdeinwirkung?«

»Nein, nein. Ich habe mich persönlich um sie gekümmert und weiß, daß man toxikologische Tests durchgeführt hat. Zuerst haben sie auf Alkoholvergiftung getippt ... aber dann stellte sich heraus, daß es das Herz war.«

Ich fragte ihn noch eine ganze Liste weiterer Möglichkeiten ab, konnte aber keine Ungereimtheiten entdecken. Schließlich bedankte ich mich für seine Mühe, stieg in den Wagen und fuhr zu dem Campingplatz, wo Justine Crispin wohnte.

Der Caravan hatte schon bessere Zeiten gesehen. Er stand auf einem morastigen Geviert. Eine umgekippte Holzkiste diente als Treppe. Ich klopfte. Die Tür wurde einen Spaltbreit geöffnet. Dahinter wurde ausschnittsweise ein rundes Gesicht sichtbar. »Ja, was gibt's?«

»Sind Sie Justine Crispin?«

»Ja.«

»Hoffentlich störe ich nicht. Mein Name ist Kinsey Millhone. Ich bin eine alte Bekannte Ihrer Mutter und habe gerade erfahren, daß sie verstorben ist.«

Vorsichtig abwartendes Schweigen. »Wie haben Sie das erfahren?« fragte sie schließlich.

Ich zeigte ihr den Zeitungsausschnitt. »Das kam mit der Post. Ich glaubte, meinen Augen nicht trauen zu können. Schließlich wußte ich nicht mal, daß sie krank war.«

Justines Augen wurden schmal. »Wann haben Sie sie zuletzt gesehen?«

Ich tat mein bestes, Sis Dunaways flapsigen Ton zu imitieren. »O Mann! Das muß letzten Sommer gewesen sein. Ich bin im Juni fortgezogen. Um die Zeit herum war's wohl, denn ich habe ihr noch meine Adresse gegeben. Es kam ganz plötzlich, oder?«

»Herzversagen.«

»Armes Mädchen. Sie war solch ein Schatz.« Ich hatte schon Angst, zu dick aufzutragen. Justine starrte mich an, als sei ich an der falschen Adresse. »Wissen Sie zufällig, ob sie meinen letzten Brief gekriegt hat?« fragte ich.

»Nein, davon weiß ich überhaupt nichts.«

»Ich hatte nämlich keine Ahnung, wie ich das mit dem Geld machen soll.«

»Hat sie Ihnen Geld geschuldet?«

»Nein, nein. Ich ihr... deshalb habe ich auch geschrieben.«

Justine zögerte. »Wieviel?«

»Nicht sehr viel«, antwortete ich verlegen. »Sechshundert Dollar. Aber es war so lieb von ihr, mir das Geld zu leihen. Deshalb war's mir auch peinlich, daß ich's nicht gleich zurückzahlen konnte. Ich hatte sie gebeten, mir bis diesen Monat Zeit zu lassen, und dann habe ich nichts mehr von ihr gehört. Ich hatte ja keine Ahnung. Was soll ich jetzt nur machen?«

Ihre Haltung hatte sich merklich verändert. Habgier bewirkt dergleichen in Rekordzeit. »Sie können es mir geben. Ich sorge dafür, daß es zu ihrem Nachlaß kommt«, sagte sie hilfsbereit.

»Aber ich möchte nicht, daß Sie unnötig Laufereien haben.«

»Das macht mir nichts aus. Wollen Sie nicht reinkommen?«

»Ich möchte nicht aufdringlich sein. Sie haben sicher zu tun…«

»Ein paar Minuten kann ich erübrigen.«

»Also gut. Wenn Sie meinen«, erwiderte ich.

Justine hielt die Tür weit auf. Ich betrat den Wohnwagen und hatte sie jetzt erstmals ganz im Blick. Das Mädchen hatte mindestens dreißig Pfund Übergewicht, ihr glanzloses braunes Haar war zu einem fettigen Pferdeschwanz zusammengebunden. Sie trug Bluejeans wie Sis und ein wallendes T-Shirt, das ihr fast bis zu den Knien reichte. Fette Hinterteile schienen ein Familienerbteil zu sein. Sie schob hastig einigen Krimskrams beiseite, damit ich auf der Sitzbank Platz nehmen konnte, eine euphemistische Bezeichnung für das zerschlissene Plastikding in der Küchenecke.

»Hat sie sehr gelitten?« erkundigte ich mich.

»Der Arzt sagt nein. Er meint, es müsse sehr schnell gegangen sein. Ihr Herz setzte offenbar aus, und sie war tot, bevor sie noch einmal Luft holen konnte.«

»Muß schrecklich für Sie gewesen sein.«

Sie wurde schuldbewußt rot. »Wir waren verkracht, wissen Sie.«

»Ach? Das tut mir leid. Ihre Mutter hat allerdings oft davon gesprochen, daß Sie beide Meinungsverschiedenheiten hätten. Hoffentlich war's nichts Ernstes.«

»Sie hat getrunken. Immer wieder habe ich sie angefleht, aufzuhören, aber es war zwecklos.«

»Ist sie hier zu Hause gestorben?« wollte ich wissen.

Sie schüttelte den Kopf. »In einem Hotel für Obdachlose. Der Alkohol hatte sie geschafft. Wenn ich nur gewußt hätte… wenn sie nur zu mir gekommen wäre…«

Ich glaubte schon, sie würde weinen, aber es gelang ihr offenbar nicht recht. Ich drückte ihr die Hand. »Sie war zu stolz«, murmelte ich.

»Ja, da haben Sie vermutlich recht. Ich habe schon daran gedacht, die Anonymen Alkoholiker zu unterstützen oder so was, in ihrem Namen, wissen Sie.«

»Eine ›Marge Crispin Stiftung‹«, half ich nach.

»Ja, so was. Das Geld von Ihnen könnte ein Anfang sein.«

»Ein guter Gedanke. Ich hole nur mein Scheckheft aus dem Wagen, um Ihnen einen Scheck auszuschreiben.«

Draußen an der frischen Luft atmete ich erleichtert auf. Die Dame hatte reichlich dick aufgetragen. Allerdings bewies das noch lange nicht, daß sie auch eine Mörderin war.

Ich fuhr mit dem Wagen auf der Suche nach der nächsten Telefonzelle durch die Gegend und fand sie an einer Tankstelle, einen Block entfernt vom Campingplatz. Dort grub ich in meiner Handtasche nach Kleingeld und wählte dann die Nummer von Sis Dunaways Motelzimmer. Sie war nicht besonders glücklich über das, was ich zu berichten hatte.

»Sie haben nichts entdeckt?« fragte sie. »Sind Sie sicher?«

»Moment mal. Ich habe nur gesagt, daß es keinen Beweis dafür gibt, daß was faul ist. Wenn Justine am Tod ihrer Mutter schuld ist, muß sie's verdammt geschickt angestellt haben. Jedenfalls scheint bei der Autopsie nichts rausgekommen zu sein.«

»Vielleicht hat sie ihr Gift gegeben, das nicht nachweisbar ist.«

»Sis, ich bitte Sie! Tut mir leid, daß ich das sagen muß, aber ein solches Gift gibt's überhaupt nicht. Das ist ein Märchen, das zwar in vielen Köpfen herumspukt, aber es ist ein Märchen.«

Sie war störrisch. »Es wäre immerhin möglich. Das müssen Sie doch zugeben. Es könnte ein solches Gift geben. Vielleicht aus Südamerika... oder Afrika...«

Die Sache begann abstrus zu werden. Ich starrte auf den Hörer in meiner Hand. »Und wie sollte Justine an das Zeug rangekommen sein?«

»Woher soll ich das wissen? Das herauszufinden, ist Ihr Job. Erwarten Sie nicht, daß ich Ihre verdammte Arbeit tue! Schließlich sind Sie es, die dreißig Dollar pro Stunde kassiert.«

»Soll ich weitermachen?«

»Nicht, wenn Sie mich ausnehmen wie eine Weihnachtsgans!« sagte sie. »Also gut. Ich zahle noch mal sechzig Dollar. Aber dann will ich Ergebnisse sehen. Sonst verlange ich mein Geld zurück.«

Sie hatte aufgelegt, bevor ich protestieren konnte. Wie konnte Sis ihr Geld zurückfordern, wenn sie die zweiten sechzig Dollar noch gar nicht bezahlt hatte? Ich stand in der Telefonzelle und dachte nach. Dabei mußte ich mir eingestehen, daß meine Neugier geweckt war. Sis Dunaway mochte reichlich schrullig sein, aber ihre Überzeugung war beeindruckend. Hinzu kam, daß Justine ganz offensichtlich ein falsches Spiel spielte. Und einer solchen Herausforderung kann ich einfach nicht widerstehen.

Ich fuhr zum Campingplatz zurück, hielt an einem geschützten Plätzchen auf der gegenüberliegenden Straßenseite und wartete. Schon wenige Augenblicke später tauchte Justine hinter dem Steuer eines verbeulten weißen Pinto auf, aus dessen Auspuff dunkler Qualm entwich. Es war nicht schwer, ihr zu folgen. Ich brauchte nur die Nase aus dem Fenster zu strecken; die Rauchwolken wiesen den Weg. Justines Ziel war die Filiale einer Sparkasse in der Milagro Street. Ich fand ein paar Meter weiter eine Parklücke und ging in diskretem Abstand hinter ihr her. In der Sparkasse verhandelte Justine mit dem Filialleiter, bis dieser sie zu einer Kasse begleitete, wo er offenbar die Auszahlung eines Schecks veranlaßte. Nach der Menge der Banknoten zu schließen, die der Kassierer abzählte, mußte es sich um einen stattlichen Betrag handeln.

Kurz darauf verließ Justine, ihre Handtasche fest an sich gepreßt, die Sparkasse. Ich hätte wetten mögen, daß sie den Versicherungsscheck eingelöst hatte. Sie fuhr zum Campingplatz zurück und verschwand in ihrem Wohnwagen; vermutlich um das Geld zu deponieren.

Dann kam sie wieder heraus, und weiter ging's in Richtung Stadtmitte. Ich folgte ihr wie ein Schatten. Sie fuhr auf einen öffentlichen Parkplatz. Ich stellte meinen VW in einiger Entfernung unauffällig ab. Bis jetzt hatte sie offenbar noch nicht gemerkt, daß sie beschattet wurde. Ich hielt mich weiterhin sorgsam im Hintergrund, als sie zur State Street hinüber und dort einen Block weit bis zum Santa-Teresa-Reisebüro marschierte. Ich tat so, als betrachtete ich interessiert die Urlaubsplakate im Schaufenster, während ich Justine nicht aus den Augen ließ. Sie verhandelte mit einer Angestellten des Reisebüros, deren Schreibtisch gleich am Eingang stand, so daß ich sah, wie ihr schließlich offenbar bereits vorbereitete Tickets übergeben wurden. Justine schrieb einen Scheck aus. Ich konzentrierte mich auf den Zeitschriftenständer und griff nach einer Illustrierten, als Justine wieder herauskam. Sie ging die Straße ein Stück hinunter bis zu einem Bastelladen, wo sie einen ausnehmend häßlichen Blumenkranz aus Plastik erstand. Die Dame hatte ein volles Programm, das mußte man ihr lassen.

Schließlich kam sie aus dem Laden wieder heraus und bog in eine Seitenstraße ein, wo sie im Eingang eines Friseur- und Kosmetiksalons verschwand. Ein verstohlener Blick durchs Schaufenster zeigte Justine mit einem grünen Plastikumhang bekleidet im Gespräch mit einer Friseuse vertieft. Offenbar wurde ein neuer Haarschnitt diskutiert. Ich warf einen Blick auf die Uhr. Es war fast halb eins. Ich hastete zum Reisebüro zurück, wartete, bis die Angestellte, die Justine bedient hatte, zur Mittagspause die Agentur verließ. Als sie außer Sichtweite war, ging ich hinein und las das Namensschild auf ihrem Schreibtisch an der Tür.

Die blonde Reisebüroangestellte auf der gegenüberliegenden Seite sah mich lächelnd an.

»Ist Kathleen nicht da?« fragte ich.

»Sie ist zu Tisch. Sie haben sie knapp verpaßt. Kann ich irgendwie helfen?»

»Das hoffe ich. Ich habe gerade meine Tickets abgeholt, kann aber den Reiseplan nicht finden, den sie mir in den Umschlag gesteckt hatte. Würden Sie mir vielleicht eine Kopie machen? Ich hab's eilig.«

»Natürlich. Kein Problem. Wie ist Ihr Name?«

»Justine Crispin«, erwiderte ich.

Ich ging in die nächste Telefonzelle und rief Sis im Motel an. »Hören Sie gut zu«, begann ich. »Um vier Uhr fliegt Justine nach Los Angeles. Und von dort nach Mexiko City.«

»Dieses Biest!«

»Es kommt noch schlimmer. Sie hat nur einfach gebucht.«

»Hab ich's doch geahnt. Ich wußte, daß sie was im Schilde führt. Wo ist sie jetzt?«

»Beim Friseur. Vorher war sie bei der Sparkasse und hat sich einen Scheck auszahlen lassen...«

»Wetten, daß das die Versicherungssumme war?«

»Das denke ich auch.«

»Soll das heißen, daß sie das ganze Geld mit sich rumschleppt?«

»Nein, nein. Sie ist erst zum Wohnwagen zurückgefahren. Dann hat sie die Tickets abgeholt. Ich glaube, sie will auch noch zum Friedhof und einen Kranz auf Margerys Grab legen...«

»Das ist ja nicht zum Aushalten. Mit dem schönen Geld verduften und sich auch noch lustig machen über die tote Margery.«

»Sis, ich bitte Sie! Wenn Justine die Versicherungssumme ordnungsgemäß ausgezahlt wurde, können Sie gar nichts tun.«

»Das glauben Sie! Ich werde dafür sorgen, daß sie dafür zahlt. Das schwöre ich, bei Gott!« Damit warf sie den Hörer auf die Gabel.

Mir wurde ziemlich mulmig. Ich versuchte mich zu erinnern, ob ich den Namen des Friseurs erwähnt hatte. Ich sah Sis bereits vor mir, wie sie Justine mit einer MP über den Haufen schoß. Nervös drückte ich mich vor dem Friseursalon herum und beobachtete den Verkehr in beiden Richtungen. Von Sis keine Spur. Möglicherweise wartete sie auf dem Friedhof auf die Chance, mit Justine abzurechnen.

Um Viertel nach zwei kam Justine heraus und ging an mir vorbei. Sie war kaum wiederzuerkennen. Ihr Haar war kürzer geschnitten, Dauerwellen umrahmten ihr Gesicht, das mit Lidschatten und Rouge von der Kosmetikerin geschickt modelliert worden war. Mit anderen Klamotten hätte man sie in dieser Aufmachung durchaus auf eine Million oder wenigstens hunderttausend schätzen können. Sie wirkte beschwingt und achtete eher auf ihr Spiegelbild in den Schaufenstern als auf mich. Ich folgte ihr in sicherem Abstand.

Justine kehrte zum Parkplatz zurück und reihte sich mit ihrem Pinto in den Verkehrsstrom auf der Bundesstraße ein. Ich fuhr im Abstand einiger Wagenlängen hinterher und hielt nach Sis Ausschau. Zwar hatte ich keine Ahnung, was Sis vorhatte, aber so verrückt wie sie war, mußte ich damit rechnen, daß sie etwas im Schilde führte.

Eine Viertelstunde später kamen wir am Campingplatz an, Justine voraus, ich in weitem Abstand hinterher. Das Honorar, das Sis für meine Arbeit veranschlagt hatte, war aufgebraucht, doch mittlerweile hatte mich die Geschichte gepackt. Nach allem, was passiert war, würde ich Justine vielleicht vor einem Mordanschlag schützen müssen. Justine war nur zurückgekommen, um ihr Gepäck im Auto zu verstauen. Dann fuhr sie weiter zum Santa Teresa Memorial Park, dem Friedhof, der in der Nähe des Flugplatzes lag.

Der Friefhof lag einsam und verlassen da, eine sonnige Rasenfläche mit Grabsteinen und Blütensträuchern. An einer Weggabelung bog Justine rechts ab, und ich fuhr links weiter, behielt ihren Wagen über eine weite Rasenfläche hinweg jedoch ständig im Auge. Schließlich hielt sie an und trug den Plastikkranz zu einer viereckigen Vertiefung mit einem provisorischen Holzkreuz; der Grabstein war anscheinend noch nicht aufgestellt worden. Sie lehnte den Kranz gegen das Kreuz und verharrte davor mit gesenktem Kopf. In dieser Pose gab sie eine gute Zielscheibe ab, und ich wünschte mir unwillkürlich, sie möge niederknien in ihrer Trauer. Vermutlich lauerte Sis irgendwo mit einem Messer zwischen den Zähnen, jederzeit bereit, aus ihrem Versteck hervorzuspringen und Justine die Klinge in den Rücken zu stoßen.

Nach der Gedenkminute setzte Justine sich wieder hinters Steuer und fuhr zum Flughafen, wo sie für den Flug nach Los Angeles eincheckte. Bis zum Abflug hatte sie noch eine knappe Stunde Zeit. Und von Sis war noch immer nichts zu sehen. Falls es zu einer Abrechnung zwischen Tante und Nichte kommen sollte, mußte das bald passieren. Ich schlenderte zu einem Zeitschriften- und Andenkenladen und postierte mich zwischen Buchständer und Wand, um Justine zwischen den Santa-Teresa-T-Shirts, die im Schaufenster hingen, hindurch zu beobachten. Sie saß auf einer Bank und las seelenruhig in einem Taschenbuch.

Was wurde hier eigentlich gespielt?

Sis Dunaway war schließlich ganz wild darauf gewesen, Margerys Tod zu rächen. Und wo blieb sie jetzt? Hatte sie sich an die Polizei gewandt? Ich behielt gleichzeitig Justine und die Uhr im Auge. Was Sis auch vorhatte, allzu lange durfte sie nicht mehr warten. Minuten bevor Justines Flug aufgerufen wurde, verließ ich endlich den Zeitschriftenladen, durchquerte die Abflughalle und setzte mich neben Justine. »Tag«, sagte ich. »Hübsche Dauerwelle. Steht Ihnen gut.«

Sie starrte mich an. Dann erwies sie sich als der klassische Fall des Schnellspanners: »Was machen Sie denn hier?« fragte sie.

»Ich passe auf Sie auf.«

»Wozu?«

»Ich bin der Meinung, daß Sie ein Kindermädchen brauchen. Ihre Tante Sis ist höchstwahrscheinlich auf dem Kriegspfad. Ich leiste Ihnen Gesellschaft, bis sie auftaucht.«

»Tante Sis?« fragte sie ungläubig.

»Ich muß Sie ernsthaft warnen. Vom Herzinfarkt-Tod Ihrer Mutter ist die Dame keineswegs überzeugt.«

»Wovon reden Sie überhaupt? Tante Sis ist tot.«

Ich konnte mir ein verächtliches Grinsen nicht verkneifen.

»Was Sie nicht sagen? Und seit wann?«

»Seit fünf Jahren.«

»Blödsinn!«

»Das ist kein Blödsinn! Es war ein Gehirnschlag. Sie war auf der Stelle tot.«

»Faszinierende Geschichte«, entgegnete ich.

»Es ist die Wahrheit!« behauptete sie mit Nachdruck. Mittlerweile hatte sie sich von ihrem Schreck erholt und

137

ging zum Angriff über. »Wo ist mein Geld? Ich sollte doch einen Scheck über sechshundert Dollar kriegen.«

»Mausetot, sagen Sie?«

In diesem Augenblick kam die Ansage über den Lautsprecher. »Erster Aufruf für die Passagiere des Fluges der United Airlines nach Los Angeles. Bitte zu Flugsteig 5. Halten Sie Ihre Bordkarten bereit, und kommen Sie zur Sicherheitskontrolle.«

Justine raffte ihre Sachen zusammen. Schon die ganze Zeit über hatte ich mich gefragt, wie sie die große Summe Bargeld durch die Sicherheitskontrolle bringen wolle. Ein Blick auf ihre füllige Taille verriet mir jetzt, daß sie sicher einen Geldgürtel trug. Auf spitzen, klappernden Absätzen stolzierte sie zur Schlange der wartenden Passagiere hinüber.

Ich folgte ihr verwirrt, während ich noch einmal die Ereignisse des Tages Revue passieren ließ. Alles war innerhalb weniger Stunden passiert. Ich hatte weder einen Dachschaden noch litt ich an Gedächtnisschwund. Und Gespenster hatte ich auch nicht gesehen. Sis war leibhaftig in meinem Büro gewesen, hatte mir die ganze Geschichte von Marge und Justine erzählt: alles über das Verhältnis zwischen Mutter und Tochter, über Justines Vergangenheit als Betrügerin, über die Art und Weise, wie die Frauen sich stets gegenseitig zu übervorteilen versucht hatten, über die Versicherung und Marges Tod. Wie hatte Dr. Yee übersehen können, daß es sich um ein Verbrechen handelte? Darauf gab es nur eine Antwort: Weil die Frau überhaupt nicht ermordet worden war!

Endlich ging mir ein Licht auf.

Justine reihte sich hinter einem jungen Mann mit Seesack und einer Frau mit einem quengelnden Kind auf dem Arm ein. Die Schlange geriet kurz ins Stocken, während der Kontrolleur Platz nahm. Dann ging es weiter. Justine rückte einen Schritt vor. Ich blieb an ihrer Seite.

»Ihre Mutter und Sie sollen so 'ne Art Konkurrenzverhältnis zueinander gehabt haben.«

»Was geht Sie das an?« entgegnete sie und hielt den Blick stur geradeaus gerichtet, während sie sicher sehnlichst wünschte, es würde schneller vorwärts gehen, und sie könnte mir entkommen.

»Sie sollen beide ständig versucht haben, sich gegenseitig zu übervorteilen«, fuhr ich fort.

»Was soll der Quatsch?« fragte sie ärgerlich.

Ich zuckte mit den Schultern. »Wie ich die Sache sehe, haben Sie den Artikel über die Tote in der Obdachlosenunterkunft gelesen, die niemand identifizieren konnte. Daraufhin sind Sie zum Leichenschauhaus gefahren und haben behauptet, die Frau sei Ihre Mutter. Ihr beide habt euch dann darauf geeinigt, euch die Versicherungssumme zu teilen. Aber Ihre Mutter hatte den Verdacht, daß Sie sie reinlegen wollten... womit sie auch recht hatte... Wie man sieht.«

»Reden Sie kein Blech.«

Die Schlange rückte weiter. Ich wich Justine nicht von der Seite. »Sie hat mich engagiert, damit ich Sie beschatte. Als ich dahinterkam, daß Sie die Stadt verlassen wollen, habe ich Ihre Mutter angerufen. Ich habe ihr gesagt, was los ist. Sie ist fast explodiert! Ich dachte, sie würde sofort losschlagen, aber bisher ist sie noch nicht aufgekreuzt...«

Justine reichte dem Beamten ihre Flugkarte. Der Mann winkte sie durch. Sie passierte anstandslos die Kontrolle mit dem Metalldetektor. Ich schenkte dem Kontrolleur ein Lächeln. »Möchte nur schnell einer Freundin ›Wiedersehn‹ sagen«, log ich und ging hinter Justine durch die Sperre. Justine beschleunigte ihren Schritt. Offenbar konnte sie es kaum erwarten, endlich die Maschine nach Los Angeles zu erreichen.

Ich hielt im Lauftempo mit ihr Schritt und redete währenddessen ungeniert weiter. »Ich habe nicht begriffen, weshalb Sie keinen Versuch gemacht hat, Sie aufzuhalten. Aber dann ist es mir klargeworden…«

»Lassen Sie mich in Ruhe. Ich lege keinen Wert auf Ihre Gesellschaft!«

»Sie hat das Geld genommen, Justine. In Ihrer Bauchbinde steckt vermutlich nur altes Zeitungspapier. Immerhin hatte sie reichlich Zeit für diesen Tausch… während Sie beim Friseur saßen.«

»Guter Witz«, bemerkte Justine sarkastisch. »Haben Sie noch mehr auf Lager?«

Ich blieb stehen. »Na, gut. Mehr sage ich nicht. Ich wollte Ihnen nur ersparen, in Mexiko City feststellen zu müssen, daß Sie völlig abgebrannt sind.«

»Sie können mich mal!« zischte Justine. Sie reichte der Stewardess am Flugsteig ihre Bordkarte und ging ins Freie. Draußen verklang allmählich das Stakkato ihrer Absätze.

Ich ging zurück zur Aussichtsterrasse mit den Panoramascheiben. Draußen auf dem Flugfeld lief Justine mit trotzigen Schritten auf die wartende Maschine zu. Offenbar hatte sie mir gar nicht zugehört. Plötzlich sah ich, wie ihre Hand zur Taille glitt. Sie ging noch ein paar Schritte weiter, blieb dann stehen und ließ ihr Gepäck fallen. Im nächsten Moment zog sie ihr T-Shirt hoch und griff in den Gürtel. Aus dieser Entfernung sah ich nur, wie sich ihr Mund weit öffnete. Es dauerte eine volle Sekunde, bis ihr Wutschrei zu mir herüberhallte.

Schicksal, dachte ich. Manchmal wirkt Mutterliebe wie ein Gift, das keine Spuren hinterläßt. Man taumelt so durchs Leben, und wenn man denkt, man hätte es endlich geschafft, ist plötzlich alles aus.

Der Sturz vom Dach

Es war sechs Uhr morgens, und ich joggte auf dem Fahrradweg den Strand entlang. Fünf Kilometer im Kampf gegen mein schlaffes Hinterteil. Ich bin 32 Jahre alt, einen Meter fünfundsiebzig groß und 59 Kilo schwer. Gewichtsprobleme habe ich eigentlich nicht, aber als alleinstehende Privatdetektivin muß ich manchmal um mein Leben rennen und kann es mir nicht leisten, aus der Übung zu kommen.

Ich hatte gerade meinen richtigen Laufrhythmus gefunden, mein Atem ging hörbar, aber nicht keuchend, die Sohlen meiner Schuhe berührten im Takt den Asphalt, der gleichmäßig unter meinen Füßen dahinzog, als Schritte hinter mir mich beunruhigten, die auch noch stetig näher kamen. Wie zufällig schaute ich über die Schulter zurück und spürte umgehend, wie ein Adrenalinstoß meinen Herzschlag schmerzhaft beschleunigte. Ich steigerte mein Tempo und versuchte, die Lage zu peilen. Weit und breit keine Menschenseele zu sehen. Kein anderer Jogger. Keiner der sonst zahlreichen Penner auf den Wiesen.

Ich bog in Richtung Straße ab und hoffte auf ein vorbeifahrendes Auto.

»He!« rief der Mann hinter mir.

Ich lief weiter und rekapitulierte im Geiste sämtliche Selbstverteidigungsmethoden, die man mir beigebracht hatte.

»Warten Sie doch!« schrie mein Verfolger. »Sind Sie nicht Kinsey Millhone?«

Ich wurde etwas langsamer. »Ja. Und wer sind Sie?«

Mit seinen langen Beinen hatte er mich bald eingeholt. »Harry Grissom. Ich brauche einen Privatdetektiv.«

»Die meisten versuchen's erst mal in meinem Büro«, sagte ich giftig. »Mann, haben Sie mir einen Schreck eingejagt! Ich bin fast gestorben vor Angst.«

»Tut mir leid. Der Typ vom Skateboard-Verleih hat behauptet, daß ich Sie hier finden kann. Ich dachte, das sei eine gute Gelegenheit für ein Gespräch.«

Mit Gus hatte ich bei einem meiner Fälle zu tun gehabt und mochte ihn sehr. Ich merkte, daß ich gnädiger gestimmt wurde. »Woher kennen Sie Gus?«

»Ich habe Grundbesitz auf Granita. Er hat dort ein Häuschen zu vermieten.«

»Und wozu brauchen Sie mich?«

»Mein Bruder Don ist vom Dach gefallen und war sofort tot. Die Polizei ist der Meinung, es war ein Unfall. Ich glaube, daß da jemand nachgeholfen hat.«

»Ach. Und wer?«

»Meine Schwägerin.«

Wir joggten Seite an Seite in zügigem Tempo. Harry Grissom war ein gutaussehender Mann, vielleicht fünfunddreißig, mit dichtem schwarzem Haar, einem Schnurrbart und der typischen Figur eines Schnelläufers: groß und schlank. Er behauptete, von Beruf Chiropraktiker zu sein, leidenschaftlich gern Ski zu fahren und ein bescheidenes Talent als Maler zu besitzen. Ich schätze, er erzählte mir das alles, um mich von seiner Aufrichtigkeit und seiner Sorge um das Schicksal seines Bruders zu überzeugen.

»Wann ist das mit Don passiert?«

»Vor einem halben Jahr.«

»Und wie lange war er da verheiratet?«

»So etwa dreizehn Jahre. Don und Susie haben sich im College kennengelernt. Don hatte damals noch ein Jahr bis zum Examen. Sie haben von Anfang an nicht zueinander gepaßt. Aber darüber konnte man mit ihnen nicht sprechen. Nach zwei Jahren stürmischer Liebe sind sie durchgebrannt und haben geheiratet. Von da an ging's nur noch bergab.«

»Und wo lag das Problem?«

»Sie hatten vor allem keine Gemeinsamkeiten, sie waren beide aufbrausend, stur und unreif.«

»Was ist mit Kindern?« fragte ich.

»Amy ist acht, und der kleine Todd ist fünf.«

»Sonst noch was?«

»Die beiden haben sich jahrelang gestritten, daß die Fetzen flogen, und plötzlich herrschte Friede. Susie war ein Engel, und alles schien bestens zu sein. Don und ich haben ein paarmal darüber gesprochen. Er wußte nicht recht, was eigentlich passiert war, aber natürlich war er froh. Er glaubte, daß endlich alles gut sei.«

»Glaubten Sie das auch?«

Harry zuckte mit den Achseln. »Ja, schon. An der Oberfläche schien alles in Ordnung zu sein. Aber ich hatte so meine Zweifel. Es war schließlich nicht so, daß sie eine Therapie gemacht hätte oder ein völlig neuer Mensch aus ihr geworden wäre. Sie hatte sich verändert, nur gab es keine erkennbare Ursache. Ich tippte auf einen Liebhaber, aber das habe ich Don nie gesagt. So was hört niemand gern, und ich konnte außerdem nichts beweisen.«

»Was wollen Sie damit andeuten? Daß sie sich einen Liebhaber angelacht und dann einen Unfall ›arrangiert‹ hat, um Don aus dem Weg zu räumen?«

»Warum denn nicht?«

»So schwer ist eine Scheidung in Kalifornien nun auch wieder nicht zu haben. Mord erscheint mir eine ziemlich radikale Methode, um einen ungeliebten Ehegatten loszuwerden.«

»Bei einer Scheidung kriegt man keine Prämien.«

»War er so gut versichert?«

»Die Lebensversicherung belief sich auf hundertfünfundzwanzigtausend Dollar. Bei Tod durch Unfall das Doppelte. Die Lady hat eine Viertelmillion an Land gezogen. Außerdem kann sie auch noch mit dem Mitgefühl ihrer Mitmenschen rechnen. Bei einer Scheidung hätte sie kämpfen müssen und vermutlich verloren. Glauben Sie mir, ich bin unverheiratet. Die Hälfte der Frauen, mit denen ich ausgehe, sind geschieden, und die erzählen alle dieselbe Geschichte. Eine Scheidung ist die Hölle. Warum hätte Susie sich das aufladen sollen, wenn sie ihm nur einen Schubs zu geben brauchte?«

»Hat sie ihn im Lauf der Jahre irgendwann einmal körperlich angegriffen?«

»Nein ... aber sie hat ihn bedroht.«

»Und wann war das?«

»Vergangenen Juni ... oder Juli. Irgendwann im Sommer, als die Ehe auf dem absoluten Tiefpunkt war. Ich weiß nicht mal mehr, worum der Streit ging, aber sie hat gesagt, sie würde ihn umbringen. Ich stand dabei. Und kurz darauf war er tot.«

»Ich bitte Sie, Harry. In der Hitze des Gefechts rutscht einem so was schon mal raus. Das macht doch aus keinem einen Mörder.«

»In diesem Fall schon.«

»Da braucht es mehr als Ihr Wort. Aber sagen Sie mir, was Sie von mir wollen.«

Er sah mich unbewegt an, seine Stimme war tonlos. »Weisen Sie ihr diesen Mord nach. Irgendwie. Ich zahle jede Summe.«

Ich nahm den Auftrag an ... nicht des Geldes wegen, sondern wegen des Ausdrucks in seinem Gesicht. Der Mann empfand aufrichtige Trauer und Schmerz.

Am Nachmittag kam er in mein Büro, unterschrieb den Standardvertrag und bezahlte tausendfünfhundert Dollar Vorschuß.

Am nächsten Morgen machte ich mich an die Arbeit.

Harry Grissom hatte mir die wenigen Zeitungsausschnitte überlassen, die sich mit dem Tod seines Bruders befaßten. ›EINWOHNER AUS SANTA TERESA STÜRZT VOM DACH SEINES HAUSES IN DEN

TOD.‹ Der Zeitung zufolge war Don nach anhaltenden Regenfällen aufs Hausdach geklettert, um nach einer undichten Stelle zu suchen, durch die Wasser in das Gästebadezimmer hatte eindringen können. In einer beigefügten Kopie des Polizeiberichts stand, daß Mr. Grissom allem Anschein nach auf dem vom Regen rutschigen Ziegeldach den Halt verloren habe, zwei Stockwerke tief gefallen sei und sich das Genick gebrochen habe. Der amtliche Leichenbeschauer hatte ›Tod durch Unfall‹ konstatiert. Harry Grissom meinte dazu, der Leichenbeschauer sei ein Idiot.

Ich notierte mir die Adresse der Grissoms, wo ich prompt mit einem Notizblock in der Hand auftauchte. Während Polizeibeamte gesetzlich verpflichtet sind, sich bei der Ausübung ihrer Pflicht auszuweisen, haben Privatdetektive die Freiheit, in jede gewünschte Rolle zu schlüpfen. Und genau das macht Spaß in meinem Beruf. Obwohl ich die meiste Zeit ein gesetzestreues Hühnchen bin, habe ich den Ruf, zu lügen wie gedruckt. Die Geschichte, die ich mir für Susie Grissom zurechtgelegt hatte, war von der Wahrheit gar nicht weit entfernt und klang so echt, daß ich schon beinahe selbst daran glaubte.

»Mrs. Grissom?« begann ich, als sie die Tür öffnete.

»Ja, bitte?« fragte sie vorsichtig. Sie war Anfang Dreißig, ihr hellbraunes Haar hatte sie hinten mit einer Spange zusammengefaßt, sie hatte braune Augen und Sommersprossen, war ungeschminkt und trug Jeans und T-Shirt.

Ich tippte auf den Notizblock in meiner Hand. »Ich komme von der California-Fidelity-Versicherung.« Das entsprach durchaus der Wahrheit, ich habe früher einmal bei der CFV gearbeitet und erledigte jetzt noch gelegentlich Aufträge für die Firma. Als Gegenleistung zahlen sie meine Büromiete.

»Ja und?«

Das Wort ›Versicherung‹ war für die Dame offenbar eine Art Zaubercode. Wenn Harry recht hatte und sie die zweihundertfünfzigtausend bereits kassiert hatte, war es verständlich, daß das Thema sie noch zu faszinieren vermochte. »Ihr Mann hat bei uns eine Versicherung abgeschlossen«, erklärte ich. »Und unsere Filiale hier hat uns jetzt benachrichtigt, daß er... daß er gestorben ist.«

Ihre Miene wurde angemessen ernst. »Ja. Er ist am 4. September bei einem Sturz vom Dach tödlich verunglückt. Und was für eine Versicherung war das?«

»Ich habe die Unterlagen nicht hier, aber es handelt sich wohl um eine betriebliche Altersversicherung. War er irgendwann mal bei einer großen Firma beschäftigt?«

Es war ihr anzusehen, daß ich richtig getippt hatte. Schließlich hat fast jeder irgendwann einmal in seinem Leben für ein größeres Unternehmen gearbeitet.

»1981 war er kurz bei Raytheon. Ich dachte, er hätte die Versicherung längst gekündigt.«

»Offenbar nicht«, entgegnete ich. »Wenn Sie gestatten, ich brauche ein paar Daten. Nur, damit wir das mit der Auszahlung regeln können.«

»Auszahlung?«

»Bei Unfalltod wird die Versicherung automatisch fällig.«

Sie bat mich, einzutreten.

Ich habe zwar nicht gerade einen sechsten Sinn, aber eines steht fest: Ich wußte vom ersten Augenblick an, daß die Frau schuldig war. Ich habe genug Witwen und Waisen erlebt, um aufrichtigen Schmerz erkennen zu können. Davon war hier nichts zu spüren. Das hier war eine Art Pseudo-Trauer, Heuchelei, Theater, aber kein wirklicher Schmerz.

Wir saßen im Wohnzimmer. Ich ging meinen Fragenkatalog ausführlich durch. Nachdem ich die Versicherungssumme genannt hatte – ich hatte meinen großzügigen Tag und sagte fünfzigtausend –, war sie so kooperativ wie nur möglich. Ich saß also da, machte Notizen und schnurrte und miaute. Sie spielte ihre Rolle perfekt mit Tränen in den Augen und geröteter Nase.

»Es muß für Sie schrecklich gewesen sein«, bemerkte ich. »Sie waren an dem Tag fort, und als Sie wiederkamen, war er tot?«

Susie Grissom nickte stumm und schnaubte in ihr Taschentuch. »Ich war beim Treffen meines Krimi-Clubs«, murmelte sie. »Zuerst habe ich gar nichts begriffen... Polizeiwagen vor dem Haus, die Ambulanz... Und dann habe ich erfahren, daß er tot ist.«

»Furchtbar«, seufzte ich. »Muß auch für die Kinder ein Schock gewesen sein. Wie kommen denn die damit zurecht?«

»Sie sind noch klein. Ich habe getan, was ich konnte.«

Insgeheim überlegte ich, wie ich ihr Alibi nachprüfen konnte. Es war zwar anzunehmen, daß die Polizei das bereits getan hatte, aber sicher war es nicht. »Das wäre im Augenblick wohl erst mal alles.« Ich stand auf. Susie Grissom begleitete mich zur Tür. »Ich bin übrigens auch ein Krimi-Fan.«

»Ach, wirklich?« Ihre Miene hellte sich auf. »Welches sind denn Ihre Lieblingsautoren?«

Volltreffer! Jetzt hat sie dich, dachte ich. »Oh, da gibt's viele. Smith... und White...«

»Teri? Sie ist phantastisch. Diesen Monat sind bei uns übrigens die weiblichen Autoren dran. Haben Sie Lust zu kommen?«

»Sehr gern«, sagte ich. »Ich freue mich riesig.«

Und so landete ich bei einem Clubtreffen der weiblichen Krimi-Leser von Santa Teresa. Ich trug mein Allzweck-Kleid mit Strümpfen und flachen Schuhen, da ich angenommen hatte, daß man so was bei Hausfrauen aus den Vorstädten eben anzog. Und zum ersten und einzigen Mal in meinem Leben fühlte ich mich overdressed, obwohl alle schrecklich nett waren und so taten, als würden sie nichts merken. Es gab Tee und Kekse, und wir lachten und plauderten über Autorinnen, von denen ich noch nie gehört hatte. Ich gab Sätze von mir wie: ›Also, der Schluß von diesem Buch hat mich so erschreckt, daß ich richtig Angst hatte, allein zu Hause.‹ Oder: ›Die Geschichte war mir zu verzwickt. Was meinen Sie?‹ Ich schwindelte so routiniert, daß ich schon befürchtete, man würde mir ein Clubamt antragen. Statt dessen luden sie mich lediglich zum nächsten Clubabend im darauffolgenden Monat ein.

»Ich bitte Jenny, daß sie Ihnen ein Jahresprogramm gibt«, sagte Susie. »Für den Fall, daß Sie auf dem laufenden bleiben wollen.«

Die Schatzmeisterin des Clubs zauberte raschelnd eine Kopie des Clubprogramms für mich hervor, auf dem Datum und Ort der Zusammenkünfte und die besprochenen Bücher verzeichnet waren. Wir saßen beieinander, tranken Tee, und ich versuchte, unauffällig die Frauen neben mir zu imitieren. Meine Stärke liegt auf anderen Gebieten. Weder kann ich backen, noch bin ich in der Sozialarbeit erfahren. Außerdem weiß ich nicht, wie man Konversation macht, und schaffe es nie, mit übergeschlagenen Beinen elegant dazusitzen. Ich studierte das Programm. Kaum hatte sich Susie einer anderen Gruppe zugewendet, beugte ich mich zu Jenny hinüber und senkte die Stimme. Jenny war Mitte Fünfzig, sie hatte einen Tweedrock mit passendem Pullover an und trug eine echte Perlenkette. »Dieses Treffen damals im September«, begann ich. »Ist an diesem Abend nicht Susies Mann ums Leben gekommen?«

Sie nickte. »Es war schrecklich«, seufzte sie. »Sie hatte an diesem Abend ausgerechnet für die Erfrischungen zu sorgen.«

»Sind Sie damals dabei gewesen?«

»Natürlich. Ein Polizeibeamter hat einen Gastvortrag gehalten, und Susie hat so angeregt mit ihm diskutiert. Später habe ich in der Küche mit ihr zusammen die Keksteller aufgefüllt. Und die ganze Zeit über war er schon tot, und sie hatte keine Ahnung.«

Ich schüttelte den Kopf. »Mein Gott, das muß ein Schlag für sie gewesen sein. Haben sie sehr aneinander gehangen?«

»Selbstverständlich.« Jenny musterte mich interessiert. »Wie haben Sie Susie kennengelernt? Kennen Sie sie schon lange?«

»Nein. Aber ich glaube, ich kenne sie gut genug«, erwiderte ich bescheiden.

Die Frau links von mir hatte offenbar zugehört und mischte sich ein. »Was machen Sie beruflich, Kinsey?«

»Ich bin im Versicherungsgeschäft«, antwortete ich.

»Ach? Irgendwie kam mir Ihr Name bekannt vor. Kann ich ihn mal in den Nachrichten gehört haben?«

»Gütiger Himmel, nein! Da müssen Sie mich verwechseln.« Es war erst etwa sechs Wochen her, daß ich in Verbindung mit einem Mord erwähnt worden war. »Kann ich hier mal irgendwo für kleine Mädchen?«

Ich sah, wie die beiden Frauen einen Blick wechselten. Vermutlich hatte ich mich im Vokabular vergriffen. »Ich würde mir gern die Nase pudern«, verbesserte ich mich.

»Natürlich. Den Gang hinunter und dann rechts.«

Ich trödelte herum, bis ich Aufbruchsgeräusche hörte, und machte mich aus dem Staub. Am darauffolgenden Tag suchte ich Susies Nachbarn heim.

Als erste traf ich eine Frau Mitte Vierzig mit Übergewicht und vorzeitig ergrautem Haar, eine Mrs. Hill, wie ich dem Adreßbuch entnommen hatte. »Ich komme von der California Fidelity«, stellte ich mich vor. »Wir überprüfen einen Versicherungsanspruch Ihrer Nachbarin Mrs. Grissom. Würden Sie mir ein paar Fragen beantworten? Mrs. Grissom ist damit einverstanden.« Ich hielt ihr ein Formular unter die Nase. Susies Unterschrift hatte ich gefälscht.

»Das nehme ich doch an«, erwiderte Mrs. Hill zögernd »Was wollen Sie denn wissen?«

Ich begann mit einer Reihe von Fragen der Machart: ›Wie gut kennen Sie die Grissoms? Sind Sie am Unglückstag zu Hause gewesen?‹ Mrs. Hill erwies sich als schon beinahe einmalig unergiebig, sie gehörte zu den Menschen, die auf alle Fragen mit nicht mehr zu überbietender Einsilbigkeit antworteten. Als klar war, daß sie rein gar nichts zu bieten hatte, verabschiedete ich mich und ging weiter.

Das Haus auf der anderen Seite des Grissomschen Grundstücks lag im Dunkeln.

Ich sah mich aufmerksam in der Gegend um und entschloß mich, mein Glück beim Haus direkt hinter den Grissoms zu suchen, das von deren Garten nur noch durch eine schmale Gasse getrennt war. Die Frau, die mir öffnete, war Mitte Sechzig und redselig.

»Ich komme von einer Versicherungsgesellschaft hier in der Stadt und mache einen Bericht über Ihre Nachbarn, die Grissoms. Wie heißen Sie?«

»Mrs. Peterson. Er ist nicht mehr, wissen Sie. Ist vom Dach gefallen. Aber sie schert das einen Teufel.«

»Wirklich?« bemerkte ich. Bevor ich noch die erste Frage loswerden konnte, war sie schon dabei, mir alles zu erzählen, was sie wußte.

»Die haben immer fürchterlich gestritten«, sagte sie mit rollenden Augen, die Hand an der Backe, eine komische Personifizierung verletzten Schamgefühls.

»Das wußte ich ja gar nicht«, erwiderte ich ungläubig. »Sind Sie zufällig zu Hause gewesen, als er vom Dach fiel?«

»Mädel, ich bin immer zu Hause. Seit Teddy tot ist, gehe ich überhaupt nicht mehr aus.«

»Ihr Mann?«

»Mein Hund. Mir ist beinahe das Herz gebrochen, damals als er starb. Jedenfalls, ich saß oben in meinem Nähzimmer am Fenster, weil da das Licht gut ist. Ich habe an einer Kreuzstichstickerei gearbeitet, und dabei kann man sich leicht die Augen verderben... auch mit einer so guten, modernen Brille wie meiner neuen...« Sie nahm die Brille ab, hielt sie gegen das Licht und setzte sie wieder auf.

»Können Sie von dort oben das Haus der Grissoms sehen?« versuchte ich sie sanft wieder aufs Thema zu lenken.

»Aber ja. Die Aussicht ist hervorragend. Kommen Sie doch rauf und überzeugen Sie sich selbst.«

Ich ergab mich meinem Schicksal und folgte ihr pflichtschuldig die Treppe hinauf. Innerlich war ich auf die nächste Pleite gefaßt. Menschen, die zuviel allein sind, können einem manchmal die Hucke voll quasseln. Auf den ersten Blick schien sie zwar durchaus vernünftig zu sein. Aber wer garantierte mir, daß sie hier nicht die Verrückte vom Dienst war? Wir kamen schließlich in ein kleines Zimmer auf der Rückseite des Hauses. Mrs. Peterson schob mich zum Fenster. Von hier aus konnte man direkt zum Haus der Grissoms hinübersehen, das gut zweihundert Meter entfernt lag.

»Haben Sie zufällig beobachtet, wie er auf dem Dach gearbeitet hat?« wollte ich wissen.

»Sicher. Ich habe ihm eine gute Stunde lang zugesehen«, antwortete sie, als sei dies die selbstverständlichste Sache der Welt.

Ich hielt die Luft an, wagte kaum weiterzufragen.

Sie runzelte die Stirn. »Ich fand es schon ziemlich komisch, daß er bei Regen aufs Dach geklettert ist«, gestand sie. »So was macht man doch nicht, oder?«

»Soviel ich gehört habe, soll was undicht gewesen sein«, warf ich ein.

»Möglich. Aber das erklärt noch lange nicht, was die Rothaarige da oben wollte.«

Ich merkte, wie sich mir die Nackenhaare sträubten. »Welche Rothaarige?«

»Keine Ahnung. Ich kenne die auch nicht.«

»Aber sie war tatsächlich auf dem Dach?«

»Da aus dem Dachfenster ist sie gekrochen gekommen«, erwiderte Mrs. Peterson zufrieden.

»Mrs. Peterson, haben Sie das eigentlich der Polizei erzählt?«

»Die haben mich gar nicht gefragt. Ich wollte niemandem Schwierigkeiten machen und habe lieber den Mund gehalten. Wenn sie neugierig sind, dachte ich, dann kommen die schon von selbst... wie Sie. Mittlerweile ist schon Gras über die Sache gewachsen. Ich glaube nicht, daß jemand einen Verdacht hat.«

»Verdacht? Was für einen Verdacht?«

»Daß sie ihn runtergeschubst hat.«

»Mrs. Grissom hat ihn runtergeschubst?«

»Nein, doch nicht die. Die Rothaarige. Sie ist um den Schornstein rumgeschlichen, wo er einen Dachziegel ausgewechselt hat. Dann hat sie ihm einen Stoß versetzt, und er fiel. Er hat nicht mal geschrien. Muß total überrascht gewesen sein.«

»Und Sie haben das alles gesehen?«

»Klar und deutlich.«

»Über beide Gärten hinweg bei bewölktem Himmel?« fragte ich skeptisch.

»Natürlich. Ich habe ja mit meinem Opernglas aufs Dach rübergeschaut.«

»Mit dem Opernglas?« wiederholte ich wie eine Schwachsinnige. Ich war so perplex, daß mir nichts anderes einfiel.

»Damit beobachte ich hier alles«, sagte Mrs. Peterson, als verstehe sich das von selbst. Sie reichte mir das Opernglas, und ich riskierte selbst einen Blick. Ich hielt die Luft an. Der Schornstein war plötzlich zum Greifen nah.

»Was ist dann passiert?« wollte ich wissen.

»Na, die Rohaarige ist wieder durchs Mansardenfenster ins Haus geklettert und weggefahren. Sie hatte einen kleinen weißen Mercedes mit einer Schramme an der Seite. Der Wagen parkte direkt hinten in unserer Straße. Danach habe ich die Dame nie wiedergesehen.«

»Konnten Sie das Autokennzeichen erkennen?«

»Nicht von hier oben. Da ist der Winkel zu ungünstig.«

»Warum haben Sie damals nicht gleich die Polizei verständigt?«

»O nein. Ich nicht. Nein, Madam. Wenn die Frau erfahren hätte, was ich gesehen habe, wäre ich die nächste auf ihrer Liste gewesen. Ich bin alt, aber nicht blöd. Und rechnen Sie nicht damit, daß ich die Geschichte vor der Polizei wiederhole. Die hätten gleich nach dem Unglück zu mir kommen müssen. Dann hätte ich ausgepackt. Aber jetzt nicht mehr. Jetzt, wo sie sich sicher fühlt und sich ein wasserdichtes Alibi zurechtgelegt hat. Nein, nicht mit mir!«

Offenbar war sie jetzt plötzlich der Meinung, genug erzählt zu haben, und trotz meiner subtilen Versuche war kein weiteres Wort aus ihr herauszubringen.

Ich fuhr direkt zum Polizeirevier und hatte ein Gespräch mit Lieutenant Dolan vom Morddezernat. Er hörte mir aufmerksam zu, doch seine Haltung war eindeutig. Er würde den Fall wieder aufrollen, wenn ich ihm nur den geringsten Beweis brächte. Was Beweise betrifft, die sich auf Hörensagen gründen, ist die Polizei von Santa Teresa ziemlich kleinlich. Besonders dann, wenn es um einen Fall geht, in dem bereits entschieden wurde, daß ein Verbrechen nicht vorliegt. Mord und Versicherungsbetrug als Motiv nachzuweisen, sei außerdem schwierig, erklärte Dolan. Wenn ich ihm allerdings Beweise lieferte, würde er sehen, was er tun könne. Im Augenblick jedoch hätten wir nur Mrs. Petersons Aussage, und die würde möglicherweise alles leugnen. Es sei frustrierend, aber ihm seien die Hände gebunden.

Ich fuhr in mein Büro zurück.

Als ich im Korridor in meiner Handtasche nach den Schlüsseln kramte, rief jemand meinen Namen. »Hallo, Kinsey! So eine Überraschung!«

Ich sah auf. Die Schatzmeisterin des Krimi-Clubs kam den Korridor entlang auf mich zu, eine wirklich elegante kleine Frau mit perfekt sitzender Frisur und frisch lakkierten Fingernägeln. Ich fragte mich sofort, ob ihr wohl die Aufschrift ›Kinsey Millhone – Privatdetektivin‹ aufgefallen sein mochte, die in großen Messingbuchstaben an meiner Bürotür prangte, und ging automatisch näher in Richtung des Nachbarbüros der California Fidelity, um sie abzulenken. Zwar hatte ich die Dame nicht direkt belogen, aber ich hatte auch nicht die Wahrheit gesagt, und ich wollte unbedingt vermeiden, daß Susie Grissom herausfand, was ich wirklich vorhatte.

»Hallo, Jenny! Was machen Sie denn hier?«

»Ich war gerade ein Stockwerk höher beim Zahnarzt«, sagte sie und blickte zum Firmenschild der California Fidelity hinüber. »Ist das die Firma, bei der Sie arbeiten? Hübsch hier. Ich bin froh, Sie zu treffen. Wir haben morgen abend eine außerplanmäßige Clubveranstaltung und wollten Sie gern einladen, aber niemand hatte Ihre Telefonnummer. Ich schreibe Ihnen Adresse und Uhrzeit auf. Es findet bei mir zu Hause statt. Jeder bringt Kekse mit. Nicht vergessen!« Sie notierte alles auf einem Zettel.

»Was ist denn der Anlaß?« fragte ich.

Jenny senkte die Stimme. »Wir haben einen Gastredner. Sein Thema ist Mord. Ist das nicht aufregend?«

Kann man wohl sagen, dachte ich.

Für den Rest des Tages ging mir die Rothaarige auf dem Dach der Grissoms nicht mehr aus dem Kopf. Selbstverständlich konnte das durchaus Susie Grissom mit einer Perücke gewesen sein, auch wenn alle schworen, sie sei zur Tatzeit im Krimi-Club gewesen. Vielleicht auch eine andere Frau. Aber woher hatte sie gewußt, daß Grissom auf

154

dem Dach, das Haus leer und die Gelegenheit so günstig sein würde? Und wie war sie überhaupt reingekommen? Und was noch wichtiger schien, welches Motiv hätte sie gehabt? Auf den ersten Blick war Susie Grissom die alleinige Nutznießerin. Und ich war bisher überzeugt gewesen, daß sie dahintersteckte. Jetzt war ich unsicher geworden. Hatte sie möglicherweise eine Komplizin gehabt?

Ich rief Harry Grissom in der Praxis an. »Hatte Ihr Bruder vielleicht eine Geliebte? Eine mit rotem Haar?« fragte ich.

»Wie bitte?« entgegnete er wütend. »Selbstverständlich nicht. Wer hat Ihnen denn das erzählt?«

»Immer mit der Ruhe, Harry. Niemand hat das erzählt. Ich habe da eine Spur.«

»Und was hat die Rothaarige damit zu tun?«

»Kann ich noch nicht sagen. Und ich möchte jetzt nicht ins Detail gehen, aber jemand hat eine rothaarige Frau mit dem Tod Ihres Bruders in Verbindung gebracht. Ich frage mich nur, wer das sein könnte. Hat er je eine rothaarige Frau erwähnt? Vielleicht eine Arbeitskollegin? Eine frühere Liebe? Eine Freundin von Susie?«

Harry dachte kurz nach. »Glaube ich nicht«, antwortete er schließlich. »Mir ist sie jedenfalls nicht bekannt.«

»Wer könnte sonst noch einen Vorteil aus der Geschichte gezogen haben?«

»Niemand. Glauben Sie mir! Ich habe alle Möglichkeiten ausgelotet, bevor ich zu Ihnen gekommen bin. Warum schenken Sie mir nicht reinen Wein ein? Was ist los? Vielleicht kann ich helfen.«

»Lassen Sie mir noch einen Versuch, dann unterhalten wir uns.«

Am Feierabend des darauffolgenden Tages besorgte ich in einer Bäckerei Plätzchen, die ich zu Hause auf einer Kuchenplatte anrichtete. Ich gab eine Löffelspitze Marmelade auf jeden Keks, stäubte Puderzucker darüber und überdeckte alles mit Lebensmittelfolie. Für mich sah's selbstgebacken aus. Um zehn vor sieben zog ich ein paar saubere Bluejeans, Pullover und Tennisschuhe an, nahm die Platte mit den Plätzchen, meine Handtasche und den Zettel mit Jennys Adresse. Sie wohnte im Stadtzentrum, nicht weit von meinem Büro entfernt.

In der Gegend parkten so viele Autos, daß ich meinen VW einen Block weiter abstellen mußte. Jennys Auffahrt war mit Wagen zugeparkt. Ich hatte vergessen zu fragen, wer der Redner sein würde. Immerhin konnte es auch Lieutenant Dolan sein. Ich klingelte und wartete auf dem Vorplatz, daß jemand die Tür öffnete. Am Ende der Auffahrt parkte ein kleiner weißer Mercedes mit einer Schramme an der Seite. Ich hatte ihn geistesabwesend gut eine halbe Minute betrachtet, bis mich die Erkenntnis wie ein Blitz traf. In diesem Moment ging die Tür auf. Ich zuckte vor Schreck zusammen und hätte beinahe den Teller fallen gelassen. Jenny begrüßte mich fröhlich und zog mich ins Haus.

»Hübscher Mercedes da draußen«, bemerkte ich. »Wem gehört der?«

»Mir«, sagte eine Stimme hinter mir. Ich drehte mich um, und ehe ich mich versah, schüttelte ich der Rothaarigen die Hand, die mir gegenüberstand.

»Ich bin Shannon«, stellte sie sich vor. »Oh, haben Sie kalte Hände.«

In diesem Augenblick fiel mir ein, daß es in unserem Bürohaus gar keine Zahnarztpraxis gab, und ich fragte mich, was Jenny dort am Vortag wohl gesucht haben mochte. Im Wohnzimmer saßen bereits fünfzehn oder zwanzig Frauen auf Klappstühlen. Einige wandten die Köpfe und blickten zu mir her. Ihre Gesichter waren ausdruckslos. Mein Magen krampfte sich plötzlich zusammen. Ich wußte, daß ich in der Patsche steckte. Wir spielten ein kompliziertes Spiel, und ich war das Opfer.

»O Jenny, kann ich noch mal schnell auf den Lokus? Ich habe eine Konfirmandenblase«, entschuldigte ich mich.

»Natürlich. Dort den Gang entlang«, sagte sie, als sie mir den Weg zeigte. »Beeilen Sie sich. Ich schenke schon mal Getränke aus.«

»Bin gleich wieder da«, versprach ich. Damit zog ich die Toilettentür hinter mir zu und versuchte abzuschließen. Das Schloß war kaputt... natürlich! Vermutlich steckte System dahinter. Ich versuchte es am Fenster, doch es ließ sich nicht öffnen. Nennen Sie es Vorahnung, Intuition... wie Sie wollen. Als ich so dastand, war mir klar, daß die Damen des Krimi-Clubs alles eingefädelt hatten. Susie Grissom hatte ein Problem, und sie haben ihr geholfen, ihr eine Mörderin und ein Alibi verschafft. Ich fragte mich, wie viele andere häusliche Konflikte sie auf diese Weise schon gelöst hatten. Lästige Schwiegermütter, aufsässige Stiefkinder... Tragische Haushaltsunfälle, die soviel Mitgefühl erregten. Aber vielleicht war Don Grissom auch der erste gewesen, und sie warteten erst einmal ab, ob sie unbehelligt blieben.

Mir war eiskalt, und gleichzeitig spürte ich, wie mir unter dem dicken Pullover der Schweiß von den Achseln herunterlief. Mit klopfendem Herzen betätigte ich die Toilettenspülung, wusch mir die Hände und versuchte, äußerlich ruhig zu wirken. Sie mußten inzwischen wissen, daß ich Privatdetektivin war, und sicher vermuteten sie, daß ich Don Grissoms Tod untersuchte. Ahnten sie auch, daß ich bereits wußte, was geschehen war? Meine einzige Chance war, mich dumm zu stellen und auf eine Fluchtgelegenheit zu warten.

Als ich aus der Toilette trat, kam Jenny gerade mit einem großen Glaskrug voller Fruchtsaft den Gang entlang. Das ist deine Chance, dachte ich.

»Vorsichtig!« rief ich melodisch.

»Bin ich«, erwiderte sie im selben Tonfall.

Dann versetzte ich ihr einen so heftigen Stoß, daß der Fruchtsaft ihr ins Gesicht schwappte, der Rand des Kruges gegen ihre Zähne schlug und überall Eiswürfel durch die Luft flogen. Jenny stieß einen spitzen Schrei aus, ging zu Boden und riß zwei weitere Frauen im Fallen mit. Die Rothaarige packte mich am Arm, doch ich trat ihr gegen das Schienbein und verpaßte ihr einen Kinnhaken. Dann stieß ich den Beistelltisch um, rannte in die Küche und riß die Hintertür auf. Hinter mir hörte ich Schreie und das Geklapper von Absätzen. Ich sprang von der Veranda und rannte ums Haus. Mit einem Satz war ich über den Zaun und im Nachbargrundstück. Von dort aus setzte ich über zwei weitere Zäune und sprintete durch den nächsten Garten auf die dahinterliegende Straße.

Mittlerweile war es stockdunkel, aber die Straßenbeleuchtung brannte, so daß ich genug sehen konnte. Ich drehte mich gerade noch rechtzeitig um, um die zwei Frauen zu bemerken, die hinter mir über den Zaun sprangen. Sie schwangen Baseballschläger. Es wurde ernst. Selbst aus dieser Entfernung hörte ich, wie mehrere Automobile starteten, und ahnte, daß ich das Ziel der Rallye sein würde. Kurz darauf tauchten Scheinwerferkegel hinter der Kurve auf. Ich verdoppelte meine Laufgeschwindigkeit, und meine Füße flogen nur so über den Asphalt.

Ich hörte, wie jemand schnaubend hinter mir Boden gutmachte, und steigerte erneut das Tempo. Bilder zogen durch mein Bewußtsein wie bei einem Diavortrag: dunkle Häuser. Leere Straßen. Einsamkeit. Vor mir an der nächsten Ecke hielt ein Auto an. Vier Türen flogen auf. Die Insassen rannten auf mich zu. Um um Hilfe zu schreien, fehlte mir die Puste. Aber falls nicht bald Hilfe kam, war mein Ende sicher. Sie würden mich bewußtlos schlagen und von einer Brücke werfen, mich in ein Boot packen und mich im Meer versenken, mich in Stücke hacken und in ihren Tiefkühltruhen aufbewahren, bis sie entschieden hatten, was weiter mit mir geschehen sollte. Die ganze Stadt schien von meinen Schritten widerzuhallen. Aus den Augenwinkeln sah ich Susie Grissom neben mir auftauchen. Ich ließ sie wie ein Footballstürmer an meinem ausgestreckten rechten Arm auflaufen. Sie taumelte und ging zu Boden. Zwei andere Frauen schlossen sofort auf, und ich spürte, wie mir eine dritte bereits im Nacken saß.

Meine Lungen brannten wie Feuer, und mein Atem ging keuchend, als mir die Gegend plötzlich bekannt vorkam und ein Plan in mir Gestalt gewann. Ich bog abrupt nach links ab, steigerte noch einmal das Lauftempo und sprintete auf die Lichter zu, die ich geradeaus vor mir erkennen konnte. Mein Gehirn funktionierte nur noch in Zeitlupe, während ich um mein geliebtes Leben rannte. Ich befand mich mittlerweile auf der Floresta, einer Straße, die ich wie meine Westentasche kannte. Direkt vor mir parkten vier identische Autos am Straßenrand. Schwarzweiße Streifenwagen. Gütiger Himmel steh mir bei, dachte ich. Das Gebäude dahinter, das jetzt hell erleuchtet war, gehörte meiner geliebten Polizei von Santa Teresa. Den Mitgliedern des Krimi-Clubs mußte allmählich auch ein Kronleuchter aufgegangen sein, denn ich merkte, daß meine Verfolgerinnen langsam zurückfielen. Als ich das Polizeirevier erreicht hatte, war niemand mehr hinter mir her. Wie beflügelt nahm ich die letzten Stufen und wußte nicht, ob ich weinte oder lachte, als ich schließlich durch die Tür brach.

Kriminalromane

Julie Smith
Ich bin doch keine Superfrau
Band 10210

»Ich bin doch keine Superfrau!«
Als Rebecca in diesen Stoßseufzer
ausbricht, sitzt sie schon mitten
drin im Schlamassel. Und der
Hauptverdächtige in ihrem jüng-
sten Mordfall ist ausgerechnet ihr
neuester Liebhaber. In ihrem
ersten Roman mit der Detektiv-
Heldin Rebecca Schwartz erzählt
die Autorin die Geschichte der jungen Anwältin aus San Francisco,
die sich für die Prostituierten-
gruppe HYENA nicht nur mit juri-
stischer Beratung einsetzt.

Maureen Moore
Mit gemischten Gefühlen
Band 10289

Marsha, Studentin und alleinerzie-
hende Mutter, wird im Rahmen
eines Praktikums bei der städti-
schen Mordkommission mit der
kruden Realität eines Mordfalles
konfrontiert. Marsha ist eine Heldin, die gar nicht erst versucht,
durch Imitation männlicher Quali-
täten zu imponieren, sondern den
Beweis erbringt, daß angeblich
weibliche Schwächen, zumindest
in dieser Geschichte, zuverlässiger
zum Ziel führen.

Fischer Taschenbuch Verlag